Gerhard Mensching · Die violetten Briefe

GERHARD MENSCHING

Die violetten Briefe

DREI
KRIMINELLE NOVELLEN

HAFFMANS VERLAG

Umschlagbild von
Nikolaus Heidelbach

1.–4. Tausend, Frühling 1989

Satz: Allprint AG, Zürich
Herstellung: Franz Spiegel Buch GmbH, Ulm
ISBN 3 251 00138 8

Inhalt

Grimmelshausen und der Mörder von Soest

In Erinnerung
an Teja Ellinghaus

»Nun sang er die Schlußszene der Armida mit einem Ausdruck, der mein Innerstes durchdrang. Auch hier wich er merklich von dem eigentlichen Originale ab: aber seine veränderte Musik war die Glucksche Szene gleichsam in höherer Potenz. Alles, was Haß, Liebe, Verzweiflung, Raserei, in den stärksten Zügen ausdrücken kann, faßte er gewaltig in Töne zusammen. Seine Stimme schien die eines Jünglings, denn von tiefer Dumpfheit schwoll sie empor zur durchdringenden Stärke. Alle meine Fibern zitterten – ich war außer mir. Als er geendet hatte, warf ich mich ihm in die Arme und rief mit gepreßter Stimme: Was ist das? wer sind Sie? –

Er stand auf und maß mich mit ernstem durchdringendem Blick; doch als ich weiter fragen wollte, war er mit dem Lichte durch die Türe entwichen und hatte mich im Finstern gelassen. Es hatte beinahe eine Viertelstunde gedauert; ich verzweifelte ihn wieder zu sehen, und suchte, durch den Stand des Klaviers orientiert, die Türe zu öffnen, als er plötzlich in einem gestickten Galakleide, reicher Weste, den Degen an der Seite, mit dem Lichte in der Hand hereintrat.

Ich erstarrte; feierlich kam er auf mich zu, faßte mich sanft bei der Hand und sagte sonderbar lächelnd: ICH BIN DER RITTER GLUCK!«

E.T.A. Hoffmann, Ritter Gluck. Eine Erinnerung aus dem Jahre 1809

Der Buchhändler Ellinghaus aus Soest stieß im Gedränge der diesjährigen Frankfurter Buchmesse so hart mit einem rothaarigen Mann zusammen, daß diesem das Stapelchen Verlagsprospekte, das er in der linken Hand getragen, zerflatternd vor die Füße fiel. Mit einer höflichen Entschuldigung, der es von seiner Seite her nicht bedurft hätte, denn der Rothaarige war, seitwärts schauend und vorwärts gehend, der Unachtsame gewesen, bückte der freundliche Buchhändler sich sofort, um beim Einsammeln der Papiere behilflich zu sein. Auch der Rote senkte sich nun in die Hocke, und so bildeten sie für einige Augenblicke eine Insel im Strom der flutenden Beine, die nun genötigt waren, ihnen auszuweichen. Sie hatten fast alles wieder aufgelesen und wollten sich gerade erheben, als eine Woge japanischer Messebesucher, die herdenhaft einem Anführer nachrauschte, sich über ihnen brach, so daß sie beide wieder hinabgerissen wurden, wobei sie unfreiwillig einen allgemeinen Strudel erzeugten, der für einiges Aufsehen an den nächstgelegenen Ständen sorgte. Es kam zu einer Stockung und Stauung des Verkehrs, denn dem Niedertorkeln folgte ein Aufrappeln und diesem ein vielfaches Bücken und Tauchen nach Verlorenem, und es dauerte ein Weilchen, ehe sich die Ordnung wieder hergestellt hatte und der Strom, nun wesentlich dichter, wieder zu fließen begann. Ellinghaus und der Rothaarige, die zur Seite traten, um den Vorwärtsstrebenden Platz zu machen, erholten sich durch ein gemeinsames Gelächter, und der Buchhändler schlug vor, auf diesen Schreck eine Tasse Kaffee zu trinken, was sofort angenommen wurde.

»Übrigens: Ellinghaus«, sagte Ellinghaus, als sie sich an einem kleinen Tischchen gegenübersaßen, »Ellinghaus, aus Soest.«

»Aus Soest? Sieh mal an«, sagte der Rote erfreut, »das kenne ich, daran erinnere ich mich. Ob ich allerdings von einer angenehmen Erinnerung sprechen kann, das weiß ich nicht. Aufregend aber war es auf jeden Fall.«

»Na, aufregend, ich weiß nicht, ob Soest ... «

»Ich meine nicht die Stadt. Sie ist sehr hübsch, wenn ich mich recht entsinne. Ich meine, was ich dort einmal erlebte. Es ist allerdings schon lange her. Wahrscheinlich würde sich so etwas heute nicht ereignen.«

»Wann waren Sie denn in Soest?« wollte der Buchhändler wissen.

»Zweimal war ich dort. Zum ersten Mal im Winter 1636 auf 37. Das zweite Mal im Sommer 1671. Das wundert Sie natürlich, aber Sie müssen wissen: Ich bin der Dichter Grimmelshausen.«

Er trank einen SchluckKaffee, der Rote, nach dieser Eröffnung und wartete ab, welche Wirkung sie haben werde. Schwer zu sagen, wie alt er war. Mitte Vierzig? Anfang Fünfzig? Groß, untersetzt, mit rotem Haupthaar und ebenso gefärbtem Schnauzbart, den er an den Enden verzwirbelt hatte. Er trug eine abgetragene braune Lederjacke, ein offenes grünliches Hemd und sandfarbene Knickerbocker; das war dem Buchhändler sofort aufgefallen. Knickerbocker. Kein Mensch trug heute Knikkerbocker. Und gelbe Schuhe. Er sah etwas ungewöhnlich aus, du lieber Gott ja, aber er fiel keineswegs auf, hier auf der Messe. Verrückt? Nein, verrückt sah er nicht aus. Aber bitte: Wer sieht, wenn er wirklich verrückt ist, schon so aus, als ob er verrückt wäre. Der Buchhändler wußte selbstverständlich nicht, was er von diesem Unsinn halten sollte. Ein Spaßmacher, der ihn auf den Arm nehmen wollte? Es war jedenfalls keine alltägliche Begegnung. Unterhaltsam konnte das werden. Es würde sich lohnen, den Knaben ein bißchen auszuquetschen. Ein Viertelstündchen, überschlug er, ein Viertelstündchen dürfe er sich den Spaß kosten lassen. Dann würde er noch durchkommen mit seinem vollgestopften Messeprogramm.

»Donnerwetter«, sagte Ellinghaus, und machte auf amüsiert-ironisch, »da bin ich aber froh, daß ich Sie getroffen habe. Was der gute alte Grimmelshausen so von der modernen Literatur hält, das wird sicher interessant.«

»Sie spotten. Das ist ganz verständlich. Sie nehmen an, ich sei nicht richtig im Kopf – oder ein Phantast. Beides stimmt nicht. Ich bin wirklich Grimmelshausen, auch wenn das verrückt klingt.«

»Sie haben ununterbrochen von damals bis heute gelebt? Das sieht man Ihnen aber nicht an.«

»Nicht ununterbrochen. 1676 bin ich gestorben. Nun lebe ich wieder.«

»Aha. – Und heißen wieder Grimmelshausen?«

»Nein. Ich heiße nicht Grimmelshausen. Ich heiße Pfeiffer. Aber das ist nebensächlich. Genauso nebensächlich wie die Tatsache, daß ich im siebzehnten Jahrhundert Grimmelshausen hieß. Wesentlich ist die Identität meiner Person.«

»Reinkarnation?«

»Es ist mir gleichgültig, wie man es nennt, wenn sich ein Mensch wiederfindet, aber es ist ein eigenartiges Erlebnis.«

»Hatten Sie das immer schon? – Ich meine, waren Sie schon als Kind der Grimmelshausen?«

»Gewiß. Natürlich. Aber ich hab es nicht gemerkt. Die Mauer war noch geschlossen. Als ich sechzehn Jahre alt war, schenkte mir ein Onkel zum Geburtstag den *Simplicissimus.* Ich erwartete von diesem alten Buch nicht die geringste Unterhaltung. ›Du wirst nicht weit kommen‹, sagte ich zu mir, denn für vergangene Zeiten interessierte ich mich überhaupt nicht, aber ich fing das Buch irgendwann mal an, weil ich gerade nichts anderes zu tun hatte. Schon im ersten Absatz war die Rede von *allen 32 Anichen,* und dahinter stand ein Sternchen, und man mußte am Ende des Buches nachschlagen, was das heißen sollte. Was gibt es da zu erklären, dachte ich. Ist doch alles klar, schaute aber trotzdem mal nach. *Anichen = Ahnen* las ich da und wunderte mich, daß solch eine Selbstverständlichkeit erläutert wurde. Für wie dumm hält dieser Herausgeber eigentlich die Leser? Und wozu diese willkürliche Auswahl? *Tisch, Stuhl, Bank* und *Fenster* wurden nicht erklärt, dafür aber gab es jede Menge überflüssige Hinweise: daß *demmen* auch prassen, *überzwerchs* auch quer heißen kann, daß *Sprinken* Schlingen, *Gespei* Spott und *Baumöl geben* prügeln bedeutet. Ich las weiter und wunderte mich überhaupt nicht darüber, daß ich den Text ohne jede Nachhilfe verstehen konnte. Ich schlug einfach nicht mehr nach. Ich wurde erst stutzig, als es mir öfter passierte, daß ich das Lesezeichen scheinbar falsch einsteckte und beim Weiterlesen feststellte, daß ich das, was folgte, schon gelesen hatte. Das kam nicht immer vor, aber mit der Zeit häufiger, und am Ende zweifelte ich, ob das Buch überhaupt neu für mich war. An einigen Stellen konnte ich genau voraussagen, wie es weitergehen würde. Ich wußte Ereignisse der Handlung voraus, die man nicht vorauswissen konnte, wenn man das Buch nicht kannte. Aber ich hatte es nie zuvor gelesen, da gab es gar keinen Zweifel. Und nun kam noch etwas anderes hinzu. Wenn man eine Geschichte liest, nicht wahr, stellt man sich alles irgendwie vor, baut sich was zusammen aus der Rumpelkammer der Phantasie. Einen alten Marktplatz, kleine Gassen mit krummen Häusern, das hat man schon mal gesehen, wenigstens auf Bildern. Man hat solche Kulissen im Abstellraum und holt sie nach Bedarf hervor, kombiniert sie immer neu. Als ich den *Simplicissimus* zum zweiten Mal las – ich mußte sofort wieder anfangen, ihn noch einmal lesen –, stellte ich fest, daß ich mir bestimmte Orte ganz besonders deutlich vorstellen konnte. Hanau zum Beispiel sah ich völlig klar vor mir. Ich hätte den Stadtplan zeichnen können. Mit Soest übrigens ging es mir genauso. Später beschaffte ich mir alte Städteansichten. Ich brauchte kaum ein Detail meiner Erinnerung zu korrigieren. Dafür aber blieb anderes vollkommen nebelhaft. Paris zum Beispiel. Simplicissimus verbringt dort bekanntlich einige Zeit und hat amouröse Abenteuer. Keine Ansicht von Paris aus der ersten Hälfte des siebzehnten Jahrhunderts sagte mir etwas. Eine vollkommen unbekannte Stadt. Aber Gelnhausen, in das der junge Simplicius auf seinem Weg in die Welt im 19. Kapitel des ersten Buches nur einen kurzen Blick wirft und sofort wieder verläßt, weil er keinen lebenden Menschen dort trifft und die Gassen nach dem Kampf von kaiserlichen und weimarischen Truppen mit Toten übersät sind, Gelnhausen sah ich so deutlich wie kaum einen anderen Ort. Ich konnte in der Stadt spazierengehen. Das tat ich. Jeden Tag meinen Gang durch Gelnhausen. Immer wieder Gelnhausen. Und das Seltsame ist, daß ich das tat, noch bevor ich das Nachwort des Herausgebers gelesen hatte, denn ich interessierte mich nicht für Nachworte, auch nicht für den Dichter Grimmelshausen. Damals, als ich das Buch zum zweiten Mal las, noch nicht. So können Sie sich vorstellen, wie sehr ich mich wunderte, als ich erfuhr, daß Grimmelshausen dort geboren ist und bis zu seinem zwölften Jahr dort gelebt hat.«

Er sah den Buchhändler mit triumphierendem Blick an und leerte seine Kaffeetasse. Er machte eine Pause. Ellinghaus, der seine ungestopfte Pfeife schon eine Weile in der Hand gehalten hatte, öffnete nun seinen Tabaksbeutel, konnte sich aber nicht entschließen, hineinzugreifen.

»Und dann haben Sie ... dann haben Sie sich eingeredet, daß Sie der Grimmelshausen sind.«

»Nein, so einfach ging das nicht. Ich spazierte nun natürlich noch eifriger in Gelnhausen herum und suchte sein Geburtshaus. Ein absurdes Unternehmen. Wie sollte ich das herauskriegen. Das sieht man einem Hause ja nicht an, und in meinem Gelnhausen, ich meine im Gelnhausen von 1622 bis 34 war ja auch auf keinen Fall eine Gedenktafel über der Haustür zu erwarten. Aber bei meinen Gängen war plötzlich etwas anders. Ich hatte die Stadt bisher immer nur völlig ohne Menschen gesehen. Ich sah die Häuser, die Straßen, die Gärten, aber keinen einzigen Bewohner. Bei einem neuerlichen Gang durch die Stadt stand ich plötzlich vor einem Turm, dessen Anblick mir seltsam angstvolle Gefühle erweckte. *Fratzenstein* sagte ich bei mir, *Fratzenstein* und immer wieder *Fratzenstein.* Ich wußte gar nicht, was das sollte. *Fratzenstein, Fratzenstein.* Und ich schaute an dem Turm hinauf und sah oben aus einem vergitterten Fenster eine Krähe herausfliegen. Sie flog mit raschem Flügelschlag lautlos über die nächststehenden Häuser und verschwand in den Zweigen einer Linde. Im selben Augenblick wußte ich, daß dieser Turm Fratzenstein hieß, und ich wußte auch, daß man in ihm die Hexen gefangenhielt und das Diebsgesindel, und als ich mich umdrehte und über den Weg zu den Häusern hinüberging, zu einer Gruppe von drei Häusern, da hörte ich im Turm eine Frauenstimme schreien. Ein grauenhafter Schrei, das kann ich Ihnen versichern, ein Folterschrei, ein Schrei von absoluter Sinnlichkeit, in den ein Mensch sich vollkommen aufgelöst hat, in dem er ganz und gar enthalten ist, in dem er hinaus dringt aus der Vermauerung und sich verhallend der ganzen Natur mitteilt.«

»Sie haben ja eine blühende Phantasie«, sagte der Buchhändler, der nun seine Pfeife gestopft hatte.

»Blühend? Nein, das kann man nicht sagen. Eine blühende Phantasie erzeugt einen Krautgarten von Wahrheit und Erfindung, aber ohne Phantasie sind wir auch nicht in der Lage, die Wahrheit zu finden. Was mich betrifft, so würde ich jetzt ganz gern noch etwas trinken. Einen Espresso. Ja, einen Espresso, der wird hoffentlich besser sein als dieser dünne Kaffee.«

Der Buchhändler bestellte bei der asthmatischen Bedienerin auch für sich einen Espresso, zwei Espresso, ja, schaute auf die Uhr und ermunterte Herrn Pfeiffer-Grimmelshausen, doch nur weiterzuerzählen.

»Was wollte ich sagen? Ja. – Dieser Schrei. Er hatte eine ganz unerwartete Folge. Bisher hatte ich die Stadt Gelnhausen nicht nur ohne Bewohner, sondern auch ohne jegliches Geräusch in meiner Erinnerung erlebt. Mit diesem Schrei war plötzlich alles erwacht. Es war wie ein Knall in meinem Kopfe, und alles wurde lebendig. Ich hörte die Geräusche der Vergangenheit und roch die Gerüche. Für beides gibt es keine Entsprechung in unserer Gegenwart. Und nun waren auch die Bewohner da, denn sie traten bei dem Schrei vor ihre Häuser: Bast Kümmel, Gade Jud, Aaron Jud, Peter Hoppe und dann mein Großvater Melchior Christoph Grimmelshausen, mein Bruder Caspar. Von dem Tage an wußte ich, wer ich war oder gewesen war. Durch ein kleines Loch konnte ich die Vergangenheit wieder sehen, und dieses Loch wurde immer größer, je öfter und länger ich hindurchschaute. Zuerst waren es nur einzelne, kleine Ausschnitte. Zwischendurch fehlten Stücke. Der Zusammenhang ließ sich schwer herstellen, aber mit der Zeit schlossen sich die meisten Lücken, so daß ich heute mein Leben ziemlich genau überblicken kann, genauer, viel genauer, als das der Grimmelshausen-Forschung je gelungen ist, für die ich mich natürlich später auch interessiert habe. Man weiß ja kaum was über mich. Das wenige aber, das verbürgt ist, wußte ich bereits, ehe ich davon las. Schriftliche Dokumente, Abrechnungen aus meiner Zeit in Schauenburger Diensten riefen alle Vorgänge, an denen die Forscher rätselten, klar ins Gedächtnis zurück. Ich bin in der Lage alle Irrtümer und Fehlspekulationen aufzuklären. Es würde mir natürlich keiner glauben, und deshalb habe ich es nie versucht. Ich muß auch sagen, daß ich da keinen Ehrgeiz habe. Ich habe genug damit zu tun, immer mehr von mir zu entdecken. Auch heute noch fallen mir immer wieder neue Einzelheiten ein, vergessene Begegnungen und Episoden. Meine Erinnerungen an den *Simplicissimus* sind übrigens doppelschichtig. Es war nicht leicht, sie voneinander zu lösen. Was mir beim Lesen so vertraut und bekannt war, habe ich ja nur zum Teil, zu einem sehr geringen Teil, wie ich sagen muß, selbst erlebt. Die Erinnerung an das andere ist die Erinnerung an etwas von mir Erfundenes. Es hat ziemlich lange gedauert, bis ich das auseinanderhalten konnte.«

»Haben Sie das denn mal«, fragte, sich vorbeugend und die Espressotasse ergreifend, der Buchhändler, »haben Sie das einmal aufgeschrieben? Sie könnten ja, wenn die Wissenschaftler Ihnen schon nicht glauben, doch mal einen Roman über Grimmelshausen schreiben.«

»Nein. – Ich habe nichts aufgeschrieben. Ich schreibe überhaupt nicht. Was sollte es für einen Zweck haben? Meine besten Sachen habe ich damals geschrieben. Der *Simplicissimus* ist das Vollendetste. Das habe ich schon damals nie wieder erreicht, obwohl ich wirklich eine ganze Reihe guter Bücher geschrieben habe: *Courasche, Springinsfeld, wunderbarliches Vogelnest, Ratstübel Plutonis.* Auf was ich mir damals besonders was einbildete, *Proximus und Lympida,* ist kalter Kaffee. Jeder Autor sieht seine Sachen nach einiger Zeit anders. Sie können sich vorstellen, daß man nach über dreihundert Jahren einen wirklich ausreichenden Abstand hat. Nein, Schriftstellerei ist meine Sache nicht mehr. Manchmal sehe ich natürlich, was ich hätte besser machen können. Auch in den besten Texten entdecke ich immer wieder schwache Stellen, und es juckt mich, da noch mal dranzugehen. Ich wüßte, was zu machen wäre, aber ich mache es nicht.«

»Was haben Sie denn für einen Beruf? Was machen Sie als Herr Pfeiffer?«

»Ich verfüge über bescheidene Mittel. Ich brauche nicht zu arbeiten. Ich hätte auch kaum Zeit dazu. – Aber ich wollte Ihnen ja erzählen ... das ist ja der eigentliche Zweck ... Sie sind aus Soest, und es wird Sie natürlich interessieren, was ich da ... «

»Dat Jägerken«, lachte der Buchhändler, »das sind Sie dann wohl auch gewesen.«

»Das hat man mal geglaubt, bis auch den Forschern Zweifel gekommen sind. Berechtigte Zweifel. Und nun hält man den Jäger für eine Erfindung von mir. Auch falsch! Aber so sind die Forscher nun mal: entweder Wahrheit oder Erfindung. Es ist ganz anders gewesen. Das will ich Ihnen erzählen. Aber man könnte durchaus noch einen Espresso vertragen, was meinen Sie?«

Ellinghaus orderte zwei weitere und schaute auf die Uhr, nun schon besorgter.

»Ich habe es Ihnen gleich angesehen«, fuhr Grimmelshausen fort, »daß Sie ein interessierter Mensch sind. Da macht es Spaß, zu erzählen, was ich sonst kaum tue. Das Aufsehen, das meine Behauptung, ich sei Grimmelshausen, jedesmal erregt, die Mühe, die es kostet, einen Fremden davon zu überzeugen, daß ich nicht übergeschnappt bin, das ist mir lästig und widerwärtig. Ich habe ein paar Freunde, denen ich mich mitteile, wenn ich neue Erkenntnisse über mein Leben gewonnen habe. Das genügt mir. – Soest also. Das Jägerken. – Hm. – Da muß ich doch etwas zurückgreifen, um in aller Kürze die Zusammenhänge .... Wenn Sie nämlich nicht wissen, was für ein Mensch ich war, können Sie alles Weitere überhaupt nicht richtig beurteilen.

Ich bin bei meinem Großvater aufgewachsen, zusammen mit meinem ungefähr vier Jahre älteren Bruder Caspar. Mein Vater starb früh. Ich war kaum vier Jahre alt. Meine Mutter heiratete einen Barbier und zog mit ihm nach Frankfurt. Ließ die Kinder aus erster Ehe beim Großvater zurück. Er war ein höchst bemerkenswerter Mann. In diese furchtbare, bornierte Enge von Gelnhausen paßte er ganz und gar nicht. Er war dort als Bäcker tätig, als Bäcker und Schankwirt. Auch ein paar Weinberge bewirtschaftete er, eigene und dazugepachtete, um das zu erzeugen, was er den Leuten ausschenkte. Hätte er den Wein erst kaufen müssen, hätte das ganze Geschäft nicht gelohnt. Obwohl wir ein adliges Geschlecht sind, verzichtete er auf sein Adelsprädikat, nannte sich schlicht Grimmelshausen, Melchior Christoph – oder auch Christoffel – Grimmelshausen. ›Ein Bäcker ist kein Adliger und ein Adliger kein Bäcker‹, sagte er immer. Das glich ihn den Bürgern im Städtchen an und trennte ihn doch auch gleich wieder von ihnen, denn es griff unter dem niedrigsten Gesindel eine Sucht um sich wie eine Krankheit, sich so vornehm zu gebärden wie nur irgend möglich. Kaum hatte man ein bißchen was zusammen geraspelt und erschachert, schon kaufte man sich ein närrisches Kleid mit seidenen Bändern und schritt umher wie ein rittermäßiger Herr, auch wenn die Eltern vorher noch Taglöhner und Lastträger gewesen waren. Daß mein Großvater genau das Gegenteil tat, wurde ihm als besonders dünkelhaft angerechnet, weil jeder sich durchschaut fühlen mußte. Er hatte eine feine Art, den Leuten zu zeigen, was er von ihnen hielt, ohne viel dabei zu sagen. Mit dem Rat der Stadt, in dem mitunter recht zwielichtige Existenzen saßen, lag er ziemlich überzwerchs. Er gehörte zu den Mißvergnügten und hatte da auch Anhang. Es war vor meiner Zeit, da war er einmal mit vier anderen Bürgern vor den Rat gezogen und hatte die Herausgabe der Stadtprivilegien verlangt, die irgendwo versteckt waren, damit man sehen könne, was eigentlich rechtens sei. Einmal hatte er die Idee, daß im Narrenhause Leute festgehalten würden, die keine Narren seien, und forderte die Öffnung des Gefängnisses und so weiter. Er war nicht dumm, der Großvater, nicht ungebildet. Er schickte mich auf die Schule, kaufte mir Bücher, war der Meinung, daß ich ein Gelehrter werden müsse. Von meinem älteren Bruder hielt er nicht allzuviel. Der hatte von früh auf nur Soldatenspiele im Kopf, befehligte eine Schar von Jungen und agierte als großer Generalfeldmarschall. Jedem wies er einen Platz an in seiner Armee, und weil man mir, dem verhätschelten Bücherfreund, keinerlei Kriegstaten zutraute, hatte ich die erbeuteten Vorräte zu verwalten, die auf Parteigängen gesammelt worden waren, und die Kriegskasse, aus der der Sold gezahlt wurde. Das Geld bestand aus Tannzapfen und war ein begehrtes Gut bei den rivalisierenden Banden. Manchmal wurde die Kasse geraubt, und es gab keinen Sold, und ich mußte aufschreiben, wieviel wir welchem Söldner schuldeten. Die Beute – das waren vorzugsweise Äpfel und Birnen aus fremden Gärten, aber auch schon mal ein Brot aus Großvaters Backstube oder eine frische Wurst vom Metzger. Ich hatte die Kasse zu hüten und kam also nie dazu, die Abenteuer mitzuerleben, von denen dann hinterher gewaltig getönt wurde. Der Erfolgreichste von allen war ein dunkelhaariger Junge, den ich sehr bewunderte. Er hieß Ulrich Bruder, war zwei Jahre älter als ich und Sohn des Gelnhausener Schmiedes. Ihm gelangen die tollsten Stückchen, und obwohl ich nichts zu melden hatte bei der Armee und außerdem noch rothaarig war, mochte er mich gern. Mein Bruder übrigens, der Generalfeldmarschall, ist auch später noch bei der Fahne geblieben. Erst wurde er Stadtwachtmeister von Gelnhausen, und später brachte er es zum Capitaine d'armes, zum Hauptmannsrang in Hanau. Aber er starb recht früh. Ulrich Bruder .... aber ich will nicht vorgreifen. Eins nach dem anderen.

Man hat immer geglaubt, ich hätte die Erstürmung Gelnhausens am 15. Januar 1635 miterlebt. Dann sei ich nach diesem furchtbaren Massaker irgendwie – ja wie? – nach Hanau gelangt, um am 25. Februar dort von den Kroaten geraubt und zum Troßjungen gemacht zu werden. Nein, das ist falsch. Ich war in Hanau, als Gelnhausen überfallen wurde. Mein Großvater hatte einen besonderen Sinn für Kriegsgefahren. Auch zwei Jahre früher hatte er eine Plünderung Gelnhausens vorausgesehen. Mit knapper Not waren wir alle davongekommen. Aber noch einmal wollte er das nicht riskieren. In Hanau sei ich auf jeden Fall sicherer. Ich? Nur ich? Nein, ihm werde nichts passieren und dem Bruder Caspar auch nicht. Außerdem könne man ja nicht alles einfach im Stich lassen und davonziehen. Wie man einen Schatz vor drohender Gefahr an einen sicheren Ort bringt, so wurde ich nach Hanau geschickt, um erhalten zu bleiben für ein Wachsen und Blühn in der Zukunft, denn keinen Augenblick zweifelte der Großvater, daß nur ich es sein werde, der den Grimmelshausens wieder adliges Ansehen verschaffen würde, so daß sie mit gutem Recht ihr Prädikat wieder führen und sich von Grimmelshausen nennen dürften. Es müsse, davon war er überzeugt, nach dem langen Hinab auch wieder ein Hinauf geben für das alte Geschlecht derer von Grimmelshausen, die einmal angesehen und reich sich nach dem thüringischen Dorf Grimmelshausen benannt hatten. Von einem Ahnherrn Bertoldus wußte er zu berichten, der noch vor dem Jahre 1200 lebte, auch von einem Hellembold, einem Conrad und Hermann. Nicht mit Kriegstaten könne die verlorene Nobilität zurückgewonnen werden, wer das glaube, der wohne an der Fehlhalden, denn mit dem Kriegshandwerk gehe es dem Ende entgegen, das könne man erkennen an einem Krieg wie diesem, der sich hin und zurückwälze ohne Sinn und Verstand und Gewinn, denn alles zerrinne dem Sieger sofort wieder unter den Händen, nein, nur mit Geistesschlachten werde man in der neuen Welt, die unfehlbar aus den Trümmern der alten erstehen würde, sich Adelsprivilegien erwerben. Er hatte sehr verlockende Vorstellungen von der Zukunft, der mißvergnügte Großvater, und er wollte auf jeden Fall, daß die Grimmelshausens dabei sein würden, wenn sie anbräche. Er selber werde sie nicht mehr erleben, sein Tod stehe bald bevor, und damit irrte er sich nicht, denn schon 1640, noch bevor der große Krieg geendigt hatte, starb er. Im Garten hinterm Hause sitzend hatte er mir oft erzählt, wie alles weitergehen werde. Ein teutscher Held, so meinte er, und ich weiß nicht, ob er meinte, daß dieser unbedingt aus Deutschland sein müsse, ein teutscher Held werde kommen, um von einer Stadt zur anderen zu ziehen und jeder Stadt das Land umher in Frieden zum Regieren übergeben. Von jeder Stadt in Deutschland werde er zwei der klügsten und gelehrtesten Männer zu sich nehmen, aus denselben ein Parlament machen, die Städte auf ewig miteinander verbünden, die Leibeigenschaften samt allen Zöllen, Akzisen, Zinsen, Gülten und Steuern in ganz Deutschland aufheben und dafür sorgen, daß man von Fron, Wachtdienst, Kontributionen, Erpressung, Krieg und Bedrückung beim Volk nichts mehr wissen, sondern seliger als in den elysischen Feldern leben werde. Wenn ich heute daran denke, bin ich gerührt, wie sehr er sich irrte und wie sehr er recht behielt. Die Herren von Grimmelshausen – was wäre aus ihnen geworden, wenn ich nicht gewesen wäre. Auch der Ahnherr Bertoldus, versunken und vergessen wäre er heute. Es hat sich also gewiß gelohnt, daß er mich aus Gelnhausen vor den Kriegern rettete, auch wenn ich durch diese Rettung zunächst einmal in die Traufe geriet.

Ich sollte also nach Hanau, der sicheren Befestigung wegen, ins Haus von Hans Bruder, dem Onkel von Ulrich, der schon öfter angeboten hatte, seinen Neffen und mich bei sich aufzunehmen. Er ließ uns beide abholen mit seinem Wagen durch einen Kutscher, denn er war reich, jedenfalls erschien mir das so, ein Gewürzhändler, den der Krieg noch nicht zu sehr gerupft hatte. Ich habe diese Fahrt sehr genossen, zusammen mit meinem Spielkameraden. Wir kamen uns vor wie reiche, junge Edelleute und überholten in einer stolzen Staubwolke viele mühsame Flüchtlinge, die beladene Eselein vor sich hertrieben oder gar ihre Habe auf den eigenen Schultern der Stadt Hanau entgegentrugen, denn viele verließen in diesen Tagen die unsichere Gegend. Es war eine schöne Zeit von plötzlichem Glück. Hoch hinaufgehoben in ein Paradies fühlte ich mich in dem Kaufmannshaus. Wir aßen von feinem Geschirr, und Diener trugen auf und wieder ab, und ich aß Gerichte, von denen ich nie eine Ahnung gehabt hatte, französische Potagen und Olla Potriden, die durch tausendfältige künstliche Zubereitungen überdummelt, vermummt und mixtiert waren, denn mit den Gewürzen, die er reichlich hatte und wohlhabend den Gästen zur Bewunderung verwendete – immer waren Gäste an der Tafel des Onkels –, wurden alle Speisen vornehm bekleidet, wie ein Reicher die Natur seines Leibes mit kostbaren Kleidern, Pelzwerk und goldenen Ketten überdeckt. Einmal nahmen wir an einem Gelage teil, das dem schwedischen Festungskommandanten, dem schottischen Gouverneur James Ramsay zu Ehren gegeben wurde. Das Fressen, Saufen und Tanzen habe ich im *Simplicissimus* sehr genau beschrieben. Sie können es leicht nachlesen im ersten Buch und am Anfang des zweiten. Nur die Narrheiten von mir – ich meine dem Simplicius – müssen Sie davon abziehen. Das ist allerdings Erfindung.

Eine feste Freundschaft entstand in dieser Zeit zwischen Ulrich Bruder und mir, die nie erschüttert wurde, solange er lebte. *Herzbruder* nannte ich ihn, und so heißt auch eine Person im Roman, die ich ihm zum Gedächtnis erfand. Allerlei Vergnügungen hatten wir in Hanau, und da ein harter Winter war, gehörte das Schlittschuhlaufen auf den zugefrorenen Wallgräben der Festung zu den unterhaltsamsten. Echte Schlittschuhe besaßen die wenigsten Kinder. Man behalf sich mit Kufen aus Holz oder Knochen, die unter die Schuhe gebunden wurden. Wir aber bekamen jeder ein Paar gute ›eiserne‹ aus Holland, und der Schuster mußte uns Stiefel dazu machen und die Kufen fest damit verbinden. Mit dieser Neuigkeit erregten wir sehr viel Aufsehen und wurden allgemein bewundert. Besonders Ulrich verstand es... Aber nein, Sie werden unruhig, Sie schauen schon wieder auf die Uhr. Sie wollen Ihren Gang durch die Messe fortsetzen.«

»Ich müßte jetzt wirklich langsam mal«, sagte der Buchhändler. »Morgen muß ich nach Soest zurück.«

»Es wird auch für mich Zeit. Aber ich habe Ihnen noch nichts von meinen Soester Erlebnissen erzählt, nichts vom Jäger, und dabei habe ich den ganzen Bericht nur deswegen angefangen. Das müssen Sie unbedingt noch hören. Ich werde mich auch kurz fassen. Was halten Sie davon, wenn wir einen ganz kleinen Cognac dazu trinken?«

Der Buchhändler orderte, und der wunderbarliche Grimmelshausen fuhr fort.

»Kurz und gut: eines Tages wurden wir von einem Trupp reitender Kroaten überrascht, die unversehens auftauchten, mit ihren Pferden ohne Scheu auf das Eis galoppierten, einen Haufen Kinder umzingelten, alle wegschnappten und sich wie der Wind mit ihnen davonmachten. So brachte mich des Großvaters Vorsorge auf schnellem Wege in den Krieg, vor dem er mich hatte bewahren wollen. Die Kroaten, die sich auf Kundschaft befanden, gehörten zum Regiment des Obristen Corpus, der allgemein nur Korpes genannt wurde, und dieses zur Armee des kaiserlichen Generalwachtmeisters Ottavio Piccolomini. Der nächste Vorgesetzte meines Obristen war der General Isolani. Ich erwähne das nur, weil es bekannte Namen und jedem von Schiller her geläufig sind. Die Jungen wurden ausschließlich zum Fouragieren gebraucht. Wir mußten ausschweifen und zusammenklauen, was sich klauen ließ. Nun, das hatte mein Herzbruder ja schon zum Spiel und Spaß in Gelnhausen getan, und er erwies sich darin jetzt, als es Ernst geworden war, als überaus tüchtig. Er wurde schnell der Anführer des Trupps, in dem auch ich mitmußte, aber ich gehörte zu den Lastträgern, die alles abzuschleppen hatten, während die anderen schon wieder neue Gelegenheit auskundschafteten. Ich könnte da viel von erzählen, aber ich will ja nicht mein ganzes Leben... Sonst säßen wir übermorgen noch hier. Wir beide waren nicht lange bei den Kroaten, denn Herzbruder wurde immer übermütiger, wagte immer tollere Unternehmungen, und eines Tages wurden wir von hessischen Reitern gefangengenommen und nach Kassel transportiert. Von da gelangten wir als Troßbuben schließlich nach Magdeburg, erlebten in der Etappe die Belagerung der Stadt und auch die folgende Schlacht bei Wittstock und kamen mit dem bayerischen Feldmarschall Graf von Götz nach Westfalen und 1636/37 ins Winterquartier nach Soest. – So, jetzt bin ich da.

Ihre Stadt, Herr Ellinghaus, befand sich damals in einem beklagenswerten Zustand. Es war Dezember, als wir ankamen. Im September hatte die kaiserliche Armee die Stadt erobert und zuvor acht Feuerkugeln hineingeworfen. Fast die Hälfte der Häuser war ausgebrannt, der Rest beraubt worden. Nicht mehr als 200 Bürger waren noch da. Einquartierung von wenigstens drei Reutern und vier oder fünf gemeinen Soldaten auf jeden Bürger war kaum mehr verkraftbar. Der Rat mußte Geld pumpen, um die Kontributionen zu zahlen. Die Bauern der Börde hatten Felder und Höfe oder was davon übriggeblieben, im Stich gelassen, die Äcker lagen öde. Bürgerschaft und Garnison nagten am Hungertuche. Da ging es mir, anders als meinem Simplicius, als ich im Pförtnerhause des Klosters Paradies hauste mit einem Reuter, dessen Pferdebursche ich war, auch nicht beneidenswert. Ich blieb ein armer Wicht, aber mein Herzbruder nahm einen Aufschwung. Er wurde wieder zum Fouragieren eingeteilt und entwickelte sich zum Spezialisten im Ausspionieren gegnerischer Fouragetrupps, die dann überfallen und beraubt wurden. Bei dieser Gelegenheit kam er auch an ein grünes Wams und grüne Hosen, womit er seine Flicklumpen ersetzte, und aus Scherz und später mit Bewunderung nannte man ihn überall den Jäger von Soest. Er war immer freundlich und bei den verängstigten und geplagten Bürgern nicht unbeliebt. *Dat Jägerken* wurde er sogar fast zärtlich genannt. Er besaß keinen Rang und keine Macht, aber er stach ab von dem unleidlichen Dragonergesindel, das mit den Offizieren unter einer Decke steckte und ein absolut undisziplinierter Haufen war. Mit kleinen Geschenklein, mit gut gewählten Hilfsleistungen machte er sich Freunde unter den Bürgern der Stadt, aber es war wohl mehr die nette Geste, seine Jugend, seine Bereitschaft zu helfen, die den Leuten gefiel, denn wirklich wirksame Hilfe konnte er natürlich niemandem bringen. Für mich fiel hier und da mal ein Stück Pumpernickel ab, wenn die Parteigänge Ertrag gebracht hatten, eine Knackwurst, ein Fetzchen Schinken. Westfälischer Schinken! Ich habe ihn wenigstens probieren können. In meinem Roman habe ich seiner gedacht und meinen Simplicius so viel davon essen lassen, wie ich mir damals gewünscht habe. Sie sehen also: Der Jäger von Soest ist keine Erfindung. Es hat ihn gegeben. Nur ich selber war es nicht, sondern mein Freund, und ich habe natürlich viel dazugesponnen, wie Sie sich denken können. Ich habe ihn bewundert, ja, sehr bewundert. Ich wäre gern so gewesen wie er, aber ich war nie gewandt und flink. Kein Mann von Welt. Überhaupt nicht. Herzbruder konnte gewinnen, wen er wollte. Jeder vertraute ihm sofort, übertrug ihm Aufgaben, die heikel waren, vertraute ihm Geld an und Geheimnisse. Er reüssierte in den weiteren Jahren sehr rasch und brachte es zu gewissem Einfluß. Es wäre sicher mit ihm noch höher hinaufgegangen, wenn er nicht drei Jahre vor Ende des Krieges in der Schlacht bei Jankau, in der Graf Götz sein Leben ließ, verwundet worden wäre. Zwar genas er bald wieder von seinen Wunden, dann aber wurde er lahm an Armen und Beinen, und die Ärzte verordneten Sauerbrunnen. Ich war damals gerade Schreiber geworden in der Regimentskanzlei von Offenburg und bekam Urlaub, um Herzbruder in Griesbach zu besuchen. Wir vertrieben uns die Zeit mit der Erinnerung an unsere Erlebnisse. Auch lasen wir viel. Ich hatte einen Sack voller Bücher aus Offenburg mitgebracht, wo mein Vorgesetzter, der Regimentssekretär Witsch, ein angesehener und gebildeter Mann, mich mit allerlei Literatur versorgte. Eines Tages sagte Herzbruder zu mir, ich solle doch auch einmal versuchen, einen Roman zu schreiben. Was andere könnten, könne ich auch. Vor allem aber müsse es unterhaltsam sein und fürs Volk geeignet, und man dürfe nicht all das hineinstopfen, was man sich in vielen Büchern zusammengelesen habe, um dem Leser damit zu imponieren. So etwas wie den *Guzmán de Alfarache* von Mateo Alemán, den wir in der Bearbeitung von Ägidius Albertinus lasen, so etwas müsse man machen, eine Schelmen- und Narrengeschichte mit aufregenden Abenteuern und ein wenig Erbauung. Ich solle das schreiben, meinte er immer wieder, ich könne das, habe ja nun ohnehin zur Feder gefunden statt zum Schwert. Ich habe wirklich in den Tagen damals ein paar Dinge aufgeschrieben, die seinen Beifall fanden. Die Blätter gingen mir verloren, und ich fing ja dann auch erst viel später mit dem ernsthaften Schreiben an. Die Idee jedenfalls zu einem deutschen Simplicissimus wurde im Sauerbrunnen von Griesbach geboren, und als ich ihn dann später schrieb, machte ich Herzbruder aus Dankbarkeit und Liebe zur untadeligsten Person darin. Den Jäger von Soest, der er ja gewesen war, ließ ich ihn darin nicht spielen, die Rolle stand dem Simplicius sehr viel besser. Darin sind wir Schriftsteller ja nun frei. Aus einer Person machen wir zwei, aus mehreren eine. Mit Herzbruder ging es nach der Kur, die gar nicht anschlug, schnell bergab. Schon ein Jahr später war er tot. Er hat nie Friedenszeiten gesehen. – Ja, so ist das wirklich gewesen mit demJägerken.«

»Vielen Dank für die Enthüllung«, sagte schmunzelnd der Buchhändler. Er winkte der Bedienung, um zuzahlen. »Besuchen Sie mich doch mal in Soest. Vielleicht wäre ein Wiedersehen mit der Stadt nach so langer Zeit …«

»Ich habe etwas vergessen. Das muß ich noch eben hinzufügen. Ich sagte, daß man zuweilen aus zwei Personen, die es wirklich gegeben hat, eine einzige, erfundene machen kann. Der Jäger von Soest ist sogar aus dreien zusammengesetzt. Herzbruder ist der eine, und natürlich ist auch ein wenig von mir darin, aber es gibt noch einen dritten, den ich damals sehr beneidet habe um sein Glück. Lindorf hieß er. Seinen Vornamen kannte ich nicht.

Wir nannten ihn alle nur Lindorf. Er gehörte auch zu den Troßknechten und war vielleicht ein wenig älter als ich, ein blasser schmaler Kerl mit unangenehm stechenden Augen. Er war mir stets unheimlich, und ich ging ihm, wenn ich nur konnte, aus dem Wege. Als man kurz vor unserem Aufbruch aus dem Soester Winterquartier uns beiden eine gemeinsame Kammer anwies, war ich entsetzt. Ich versuchte, woanders unterzukommen, aber unser Quartiermeister war unerbittlich. Keine Sonderwünsche. Eisernes Prinzip. Also schlief ich mit diesem widerwärtigen Kerl zusammen in enger Zelle. Da er sich oft am Abend noch draußen herumtrieb, was eigentlich verboten war, nutzte ich die Gelegenheit und ging zu Bett, bevor er kam, und wenn ich ihn hörte, so stellte ich mich doch schlafend, um nicht mit ihm reden zu müssen. Am Morgen war für Unterhaltung sowieso keine Zeit, da wir in aller Frühe in die Pferdeställe mußten. Einmal nun kam er ziemlich spät in der Nacht, legte sich aber nicht wie sonst sofort auf seine Pritsche, sondern begann, leise zu rumoren. Ich hörte ein eigenartiges Kramen und Klimpern und öffnete nach einer Weile ganz vorsichtig ein Auge, um zu sehen, was er da treibe. Da sah ich ihn vor dem schmalen Fensterschlitz hocken, durch den ein Mondstrahl hereinfiel, und aus einer gefütterten Satteldecke, die an der einen Seite aufgeschnitten war, blinkende Gegenstände herausholen, betrachten und fortlegen. Ich öffnete nun auch noch das zweite Auge und bemerkte in seinen Händen einen goldenen Pokal, dann etliche silberne Tischbecher, die er einzeln hochhob, dann ein goldenes Salzfaß, eine altfränkische goldene Kette, dann Diamanten, Rubine und Saphire und schließlich ein Säcklein mit alten Joachimstalern aus feinem Silber und hunderte von Goldstücken französischer Prägung. Mit einem Wort: Er besah sich da einen veritablen Schatz. ›Potz Strahl‹, dachte ich, ›wo hat dieser Bursche solchen Reichtum her?‹ Und im selben Augenblick drehte er sich zu mir um. Ich hatte mich womöglich, um besser sehen zu können und voller Verwunderung etwas aufgerichtet. Nun sah er sofort, daß ich ihm zuschaute.

›Was äugelst du, Christoffel?‹ zischte er. ›Denkst wohl, ich hätte einen umgebracht, was? Oder ich hätte es gestohlen, wie?

Ist nicht so. Ist eine adelige Verehrung, welche mir das Glück getan hat. Jawohl. –‹

Ich war heilfroh, daß er mir nicht gleich an die Gurgel fuhr, um den unliebsamen Zeugen kaltzumachen. Aber davon war keine Rede. Vielmehr fing er an, der sonst immer so schweigsam war, zu erzählen, wie er zu dem Zeug gekommen sein wollte. Aus einem Spukhaus habe er's, unweit der Stadt, aber wo genau, das sagte er nicht. Eine unerlöste Jungfrau sei dort umgegangen und habe bisher noch jeden verschreckt, der dem alten Gemäuer zu nah gekommen sei. Nun, er habe es gewagt und sei die Treppe in den Keller hinuntergestiegen, wobei ihm die Haare zu Berge gestanden hätten. Und aus einem Winkel da habe es ihn eiskalt angeweht, und ein blaues Flämmchen habe gezüngelt. Da habe er einen Schuß aus seiner Pistole getan, obwohl man ja wisse, daß Geister kugelfest seien. Und siehe da: ein paar Steine hätten sich in der Wand gelockert. Er habe das Loch, das entstanden sei, mit den Händen vergrößert, und da seien ihm auch schon die silbernen Becher entgegengerollt. Da er nichts gehabt habe, um den Fund zu transportieren, habe er ihn erst wieder notdürftig versteckt und sei heute mit der Satteldecke hingegangen und habe alles abgeholt.

›Und nun, Bürschchen, rate ich dir eins. Sag zu keinem ein Wort, wenn dir dein Leben lieb ist, daß ich einen Schatz habe, auch wenn ich morgen von dannen bin, denn ich ziehe noch in dieser Nacht, um den Plunder in Sicherheit zu bringen. Daß ich länger bei den Soldaten bleibe mit meinem Reichtum, das wirst du ja wohl nicht glauben. Ich bringe es fort, ich habe Urlaub genommen und komme wieder, und wenn du inzwischen was geschwätzt hast, dann geb ich dir Baumöl.‹

Daran zweifelte ich nicht und hielt den Mund, und er schlich sich davon in der Nacht. Die Wachen wird er wohl bestochen haben, jedenfalls war er am nächsten Morgen nicht mehr da, und von Urlaub konnte keine Rede sein. Sein Fehlen wurde bemerkt, und man fragte mich aus, wo er geblieben sei. Aber ich hatte solche Angst vor ihm, daß ich nichts sagte. Er kam, was ja zu erwarten war, nicht wieder, aber trotzdem hielt ich mich an das Versprechen und erzählte selbst meinem Herzbruder nichts von dem Schatz und der sonderbaren Geschichte, die ich nicht glaubte. Nicht daß ich Spukgeschichten für unmöglich hielt. Damals glaubten fast alle an Hexen, Zauberer und Geister, aber es erschien mir viel wahrscheinlicher, daß hinter dem Ganzen doch irgendein Verbrechen steckte und daß er mir, den er für einfältig hielt, dieses Märchen erzählt hatte. Ich brauchte mein Geheimnis auch nicht mehr lange krampfhaft zu hüten, denn bald danach zogen wir ab und verließen die Stadt Soest.

Ich habe dann später die wunderbare Schatzfindung dem Simplicius zugeschrieben, der den Reichtum nach Köln bringt zu einem Kaufmann, damit er ihn verwahre. Aber der veruntreut ihn, so daß Simplex dann wieder so arm dasteht wie früher. Es paßte ganz hübsch in den Lauf der Geschehnisse, und deshalb habe ich es eingefügt.«

»Haben Sie später noch mal was von dem Burschen gehört?« Der Buchhändler hatte gezahlt und war aufgestanden. Auch Herr Pfeiffer-Grimmelshausen erhob sich.

»Das ist eine Geschichte für sich. Eine überaus spannende. Fast die spannendste, die ich in meinem Leben erlebt habe. Sie führt mich kurz vor Ende meines Lebens noch einmal nach Soest. Diese Erlebnisse sind nirgendwo zu lesen. Ich habe sie damals nicht aufgeschrieben, aus gutem Grunde, und die Forschung ist auch nicht dahintergekommen. Das wird sie auch nie. Zu schade, daß ich sie Ihnen nicht mehr erzählen kann.«

»Besuchen Sie mich doch mal in Soest. Wenn wir dann mal durch die Stadt gehen, vielleicht fällt Ihnen noch mehr von früher ein.«

»Wissen Sie was, wir sollten jetzt zusammen zum Mittagessen gehen. Es ist mittlerweile zwölf Uhr geworden. Wir sitzen ja schon eine Stunde hier. Sie wollen doch sicher etwas essen. Den ganzen Tag hier auf der Messe herumlaufen, das geht an die Kräfte. Und wenn es einem auch so vorkommt, als sei es Zeitverschwendung, so ist es eben doch wichtiger, ein ordentliches Mittagessen einzunehmen, als statt dessen noch ein paar Stände abzuklappern. Ich möchte Sie einladen. Ich möchte Sie einladen in ein chinesisches Restaurant. Ich hoffe, Sie mögen chinesische Küche. Auf eine Stunde sollte es Ihnen nicht ankommen. Und währenddessen erzähle ich Ihnen von meiner zweiten Fahrt nach Soest.«

Der Buchhändler, der fest entschlossen gewesen war, das Gespräch mit dem eigenartigen Menschen nun zu beenden, wurde wieder schwankend. Er hatte sich während der ganzen Zeit immer wieder gefragt, was es mit dem rothaarigen Vogel in Knickerbockern auf sich habe. Daß dies der wiedergeborene Grimmelshausen sein sollte, wollte er nun doch nicht so ohne weiteres glauben. Daß er einen Verrückten vor sich hatte, war schon sehr viel wahrscheinlicher. Daß sich jemand für Napoleon hält oder den amerikanischen Präsidenten, ist geradezu ein klassischer Fall von Verrücktsein. Vielleicht ist die Überzeugung, in einem früheren Leben ein berühmter Mann gewesen zu sein, nur eine Spielart davon. Vielleicht war der Bursche aber auch ein Autor, der einen Roman über Grimmelshausen hatte schreiben wollen. Während der Arbeit hatte er sich immer mehr mit seinem Gegenstand identifiziert, die Imitation des Fremden war ihm so gut gelungen, daß er nicht mehr vollständig in die eigene Identität zurückgefunden hatte. Käme er nun mit dem Roman zu Rande, so wäre ihm vermutlich geholfen, aber solange er das Zeug im Kopfe herumtrug, blieb er wahrscheinlich gefangen. Etwas aufzuschreiben, hatte er ja zwar entschieden abgelehnt, aber das besagte doch eigentlich noch nichts. Wenn ihm ein Verleger nur richtig zuredete, würde er sich schon an die Maschine setzen. Und überhaupt: Was lief er hier auf der Buchmesse herum? Was interessierte ihn das Gelumpe, das heute geschrieben wurde, wo er doch ganz und gar in seiner eigenen hochberühmten Vergangenheit lebte? »Ganz entschieden sucht der einen Verleger, der auf seine Masche abfährt. Aber warum«, fragte sich der Buchhändler, »warum hängt er sich denn an mich? Ich bin doch ein Buchhändler und kein Verleger. Ich kann ihm doch kaum nützen. Vielleicht aber vermutet er, daß ich gute Kontakte zu Verlegern habe oder wenigstens zu Verlagsvertretern. Denen könnte ich dann bei Gelegenheit sagen: ›Ich habe da einen dollen Kerl getroffen. Den sollte man mal dazu bringen, ein Buch zu schreiben.‹ Er wird mir«, dachte Ellinghaus weiter, »nachher seine Visitenkarte geben oder seine Adresse aufschreiben oder

Telefonnummer. Wenn er das hier jeden Tag ein oder zweimal mit jemandem macht, hat das ja vielleicht mal eine Wirkung: ›Sind Sie schon diesem Grimmelshausen hier begegnet? Was? Wie? Grimmelshausen? Müssen Sie unbedingt kennenlernen!‹ und so weiter. Was aber nun tun?«

»Sie zögern, Herr Ellinghaus. Sie sind nicht zu Ihrem Vergnügen hergekommen, gewiß. Aber Sie sind ein Freund von Literatur. Nicht wahr, das darf ich doch annehmen? Womöglich kennen Sie Autoren persönlich, veranstalten Lesungen in Ihrer Buchhandlung. Wer Bücher liebt und Autoren, der muß auch Stoffe lieben, Geschichten, die zu schreiben wären. Sie könnten, was ich Ihnen erzähle, einem Autor weitererzählen, der es zu einer Geschichte verwendet, zu einer Erzählung, zu einem Roman. Ich verschenke meinen Stoff, jeder, der will, kann ihn benutzen. Es ist ja auch in dem Sinne kein Stoff, sondern Wirklichkeit, und an der hat sowieso niemand ein Urheberrecht. Würde Sie das nicht reizen?«

»Schon«, sagte der Buchhändler, der immer noch zögernd stand und sich an der Stuhllehne festhielt. »Aber Sie wissen ja, wie das ist. Man möchte so manches, aber man kommt einfach nicht dazu. Zuhause das Geschäft. Ich hätte eigentlich nicht losreisen können. Ich habe schon gedacht, dieses Jahr schaffe ich es einfach nicht. Ich bin dann doch gefahren und habe einen Tag weniger eingeplant. Jetzt hetze ich hier herum, und das hat eigentlich auch keinen Zweck.«

»Eben«, sagte Grimmelshausen. »Sie verlängern Ihren Aufenthalt und wir gehen jetzt essen.«

»Wenn das so einfach wäre. Aber, na gut. Etwas essen muß ich ja sowieso, und wenn es nicht zu lange dauert ...«

»Nein. Ganz und gar nicht. Ich kenne ein wirklich gutes chinesisches Restaurant, in dem man nicht endlos auf das Essen warten muß. Wie gesagt: Ich lade Sie ein. Das ist die Bedingung. Und wir nehmen ein Taxi. Das ist das Beste.«

Dem Buchhändler kam die Taxifahrt ungeheuer lang vor. Das war sie auch. Er kannte sich nicht aus in Frankfurt, wußte nicht, wohin es gehen sollte, auch wenn Grimmelshausen das Ziel deutlich angegeben hatte. Durch den dicksten Innenstadtverkehr wühlte sich der Fahrer hindurch, und sie kamen an wenigstens vier chinesischen Restaurants vorbei, die es alle noch nicht waren.

»Man hätte doch vielleicht was Nähergelegenes ...«

»Nein nein. Ich gehe nicht in jedes beliebige Restaurant. Es gibt viel zu viele, und die meisten sind schlecht. Dann hätte man auch eine Bockwurst essen können oder einen Hamburger.«

Er hielt nun einen kleinen Vortrag, auf den der Buchhändler, der innerlich seufzend und in zurückgelehnter Haltung, Wohn- und Geschäftshäuser, Restaurants, Bars, Cafés und Straßenkreuzungen vorübergleiten sah, überhaupt nicht achtgab. Er stellte fest, daß er schon gar keinen Hunger mehr hatte vor lauter Ärger über seine Leichtfertigkeit, sich einem wildfremden Spinner anzuschließen. Als wieder eine Querstraße kam und noch eine und wieder eine Ampel mit langem Stau, fragte er, nun schon ziemlich sauer, den Barockdichter, indem er ihm in einen Exkurs über Hummerkrabben fiel, warum er als Grimmelshausen ausgerechnet für chinesische Küche schwärme statt für knoblauchgespickten Hammelschlegel. Oder ob der Dichter auch in China gewesen sei.

»Simplicissimus ist nach Paris gekommen, nach Rom, nach Moskau, ja bis nach Ägypten. Nicht nach China. Nein, nicht nach China. Ich aber – ich meine Grimmelshausen – bin aus Deutschland nicht herausgekommen. Ich bin aber sicher, daß mir die chinesische Küche schon damals sehr zugesagt hätte. Alle Erfindungen und Errungenschaften der modernen Zeit – ich lese ausschließlich Sachbücher, müssen Sie wissen, nur Sachbücher, keine Belletristik – haben mir eigentlich keine neuen Erkenntnisse vermitteln können. Nein. So gut wie keine. Was haben die Leute bloß in der ganzen Zeit gemacht, in den ganzen dreihundert Jahren nach meinem Tode? Es ist nicht der Rede wert. Wir sind nicht viel weiter als damals. Aber die chinesische Küche, die war für mich eine neue Entdeckung. Ein Witz, nicht wahr? Es wird sie schon damals so oder ähnlich gegeben haben, also ist es im Grunde genommen auch keine neue Entdeckung. Aber für mich, für mich ist sie neu, und ich liebe diese Gerichte.«

Er fing wieder an zu schwärmen, und der Buchhändler

schaute düster aus dem Fenster hinaus. Plötzlich hielt der Wagen. Herr Pfeiffer rief erfreut: »Wir sind da«, und zog seine Brieftasche. Wenn jemand seine Brieftasche zieht, gehört es sich, daß ein anderer diskret wegschaut oder wenigstens ein mildes Desinteresse in den Blick mischt, um die Schärfe zu mildern, mit der er in Wahrheit zuschaut. So auch der Buchhändler, und als der Dichter einen Fünfhundertmarkschein hervorzog, war er überrascht. Will ein Taxi bezahlen mit so einem Riesenlappen! Wie naiv! Das klappt doch nicht. Klappte auch nicht. Der Fahrer war außerstande, darauf rauszugeben. Der Dichter war ganz verwundert, daß der das nicht konnte. In Berlin, in München hätte man ihm anstandslos gewechselt, was nun den Taxifahrer wunderte und zusätzlich den Buchhändler. Letzterer zog schnell seine Börse, erlegte den erforderlichen Betrag und beschwichtigte Pfeiffer-Grimmelshausen mit dem Versprechen, die vorgestreckte Summe nachher von ihm zurückzufordern.

Das Lokal war recht düster und sah so aus wie die meisten chinesischen Restaurants. Eine besondere Qualität war ihm jedenfalls von seinem Interieur her nicht anzumerken. Über den Tischen, die durch kleine, ostasiatisch bemalte Kitschparavents – vermutlich aus Hongkong – gegeneinander abgeschirmt waren, hingen chinesische Ampeln mit Fliegenschmutztroddeln. Das Tischtuch war sauber, der Ober sanft und freundlich. Außer ihnen befand sich in einem Winkel des Lokals nur noch ein nicht näher zu definierendes asiatisches Paar, das in den Genuß einer Pekingente vertieft war.

»Eins zuvor«, sagte Grimmelshausen, den Zeigefinger bedeutsam hebend, zum kartenausteilenden Ober, »können Sie fünfhundert Mark wechseln? Ich habe es nicht kleiner. Ich müßte sonst noch mal eben zu einer Bank laufen und täte das am besten, bevor das Essen kommt, denn nachher werde ich zu müde sein.«

»Können wir wechseln alles«, lächelte der mondgesichtige Ober milde, »gar kein Problem.«

Nun denn! Mit genußfrohem Schwung nahm der Barockerzähler die Karte zur Hand und überflog sie geläufig. »Die Frühlingsrollen«, bemerkte er, »sind hier sehr zu empfehlen. Meistens sind sie eine Schande, hier nicht. Tafeln Sie, lieber Herr

Ellinnghaus, tafeln Sie fürstlich. Sie haben eine Entschädigung dafür verdient, daß ich Sie so lange durch die Gegend kutschiert habe. Ich gebe es ja zu, daß ich die Entfernung bewußt ein wenig untertrieben habe, um Sie überhaupt mitzukriegen. Aber nun sollen Sie auf Ihre Kosten kommen. Lassen Sie sich eine Suppe nicht entgehen. Sie sind alle gut. Sie können nehmen, was Sie wollen. Und die Frühlingsrolle, wie gesagt. Und dann Chop Suey. Das kriegen Sie zwar in jedem Chinarestaurant, aber hier ist es vollendet. Ich werde auf jeden Fall Chop Suey essen. Nein, erst die Hummerkrabben. Hummerkrabben süßsauer. Eine Delikatesse. Chop Suey? – Vielleicht später. Aber lassen Sie sich nicht durch mich beeinflussen. Wählen Sie nach Herzenslust.«

Der Buchhändler kam mit sich überein, nur ein Chop Suey zu bestellen. Keine Suppe vorweg und auch keine Frühlingsrolle. Er werde sonst zu müde und müsse ja noch wieder zur Messe. Ein Chop Suey. Grimmelshausen bestellte Abalonensuppe, dann Chiän, also die Frühlingsrolle – dann die geliebten Hummerkrabben. So. – Und Mineralwasser. Der Buchhändler bevorzugte ein Glas Bier.

»Meine zweite Reise nach Soest«, begann Grimmelshausen, nachdem er eine Weile nachdenklich in seinem roten Haarschopf gewühlt hatte, »kam für mich völlig unerwartet. Beim ersten Mal war es eigentlich keine Reise gewesen, die mich dorthin geführt hatte. Ein Marsch mit einem Dragonerregiment ist keine Reise. Aber was mir da spät noch angetragen wurde – 1671 –, war wirklich eine Reise mit allen Bequemlichkeiten, wenn es überhaupt möglich war, damals bequem zu reisen. Reisen sind im Grunde genommen immer unbequem, nur gibt es zu allen Zeiten völlig unbequeme und weniger unbequeme Formen. Die weniger unbequemen gelten als die feineren, und wenn man sich ihrer bedienen kann, genießt man hauptsächlich den Umstand, daß andere Menschen sich zur gleichen Zeit mit weniger bequemen abfinden müssen. Ich war inzwischen längst ein verheirateter und seßhafter Mann geworden und lebte seit vier Jahren als Schultheiß im bischöflich-straßburgischen Gericht Renchen. Das war die letzte Station meiner beruflichen Laufbahn. Was war ich geworden? Ein Verwaltungs- und Amtsmensch. Vom Troßjungen zum Garnisonssoldaten und von diesem zum Regimentsschreiber und schließlich zum Kanzleisekretär im Regiment Elter. Nach dem Kriege jahrelang Gutsverwalter der Familie von Schauenburg und dann des Doktors Küeffer auf der Ullenburg. Gastwirt in Gaisbach, womit ich in des Großvaters Fußstapfen trat, höchst beklommen, denn damit war ich ja genau da wieder angekommen, wo die Grimmelshausens schon mal gelandet waren. Nun hätte ich ja eigentlich mein Adelsprädikat wieder ablegen müssen, das ich mir in stolzer Erwartung einer glänzenden Zukunft in Offenburg zugelegt hatte, als ich Schreiber in der Regimentskanzlei geworden war. *Zum goldenen Stern* hieß die Wirtschaft des Großvaters, *Zum silbernen Stern* nannte ich die meine. Ich war eben, was die Zukunft betraf, weniger hoffnungsvoll als er und wollte ihm das, falls er dem Enkel von irgendwo erwartungsreich zuschaute, zum Ausdruck bringen. Ich kam mit der Wirtschaft auf keinen grünen Zweig, brauchte dringend feste Einnahmen für die Familie. So hatte ich mich um das freigewordene Schultheißamt in Renchen beworben, hatte meinen Grundbesitz im Wert von vier- bis fünfhundert Gulden als Kaution übereignen müssen und dazu noch den Schwiegervater um eine Bürgschaft angehen, damit ich überhaupt auf die Stelle kam. Nun war ich bischöflicher Beamter auf Lebenszeit. Was der Großvater sich für mich erhofft hatte, war das ganz sicher nicht. Ein kleiner Flecken war dieses Renchen mit ein paar Dörfern drumrum und einigen Einzelhöfen. Es unterstand dem bischöflichen Vogt in Oberkirch. Eigentlich gab es nur Kleinkram zu verwalten: Aufsicht über Kauf-, Tausch- und Pfandkontrakte, Eheschließungen, Schuldbriefe, Waisenpflege, Asylrecht für Flüchtlinge und Zigeuner, ein bißchen Herumkommandieren von zwei faulen Polizeidienern. Aber alle größeren Kriminalsachen gingen an das Oberamt. Herrschaftliche Gelder einnehmen und verwalten, Buchführung, das war schon alles. Ich hatte viel Zeit. Die hatte ich auch schon als Wirt in Gaisbach gehabt, aber dafür finanzielle Sorgen. Ich hatte herumgesessen und auf Fuhrleute und Reisende gewartet, die mal einkehrten, um einen Schoppen zu trinken, denn der Ort hatte kaum mehr als fünfzig

Einwohner und sogar noch ein zweites Wirtshaus. Ich hatte damals mich auf Herzbruders Rat besonnen und mit dem Schreiben angefangen und dabei festgestellt, daß mir das flott von der Hand ging. Ich habe in den zwei Jahren als Gastwirt drei Bücher geschrieben, und unter denen war der *Simplicissimus.* Ich will jetzt nicht über mich als Schriftsteller reden, obwohl da wirklich viel zu sagen wäre, auch nicht über meinen Verleger Felßecker, auf den ich noch heute eine Stinkwut habe, weil er reich geworden ist nur durch mich. Von einer Kalender- und Gebetbuchdruckerei zum Großverlag. Hinter meinem Rücken stellte der Doppeldrucke her, gab bei Schwachköpfen simplicianische Geschichten in Auftrag. Ich war ein Bestsellerautor, bin aber nicht reich geworden. Reich wurden andere. Aber ich war berühmt. Mit dem *Simplicissimus* schaffte ich den Durchbruch. Was meine Renchener Bürger dazu gesagt haben? Ob die stolz gewesen sind auf ihren Schultheiß? Das konnten sie nicht, denn wie Sie vielleicht wissen, gab ich alle meine Sachen unter verschiedenen Pseudonymen heraus. Ich nannte mich Samuel Greiffnson und German Schleiffheim von Sulsfort zum Beispiel. Warum? Ich wollte meinen richtigen Namen aufsparen für Werke, mit denen ich mich in der literarischen Welt sehen lassen konnte. Mit den anderen wollte ich in erster Linie Geld verdienen. Nur zwei Bücher gab ich ohne Pseudonym heraus: *Dietwald und Amelinde* und *Proximus und Lympida.* Kennen Sie nicht? Kein Wunder. Nur noch Wissenschaftlern sind die Titel bekannt. Das sagt alles. Zu meinem Ruhme haben sie nicht beigetragen. Jeder Autor irrt sich über die Bedeutung seiner Werke.

Es war mir außerdem ganz lieb, daß man in Renchen nicht wußte, daß ich der Verfasser von *Simplicissimus, Courasche* und *Springinsfeld* war, denn diese Schelmengeschichtlein hätten wahrscheinlich meinem Ansehen geschadet. Ich wußte es nicht genau, ob sie mir schaden würden, aber ich war vorsichtig und erregte lieber kein Aufsehen als bischöflicher Beamter. – Da kommt meine Suppe und Ihr Chop Suey, guten Appetit.

Der 29. Juli 1671 war ein warmer, sonniger Tag. Ich saß am Tisch vor dem Hause und schrieb im Schatten einer Buche am *Wunderbarlichen Vogelnest.* Ein schönes Kinder-, Wunsch- und

Märchenmotiv, mit dem ich mich schon früher beschäftigt hatte. Nun sollte ein ganzes Buch daraus werden, womöglich eins mit zwei Teilen und zwei verschiedenen Erzählern. Ein Vogelnestchen, aufbewahrt in einem Taschentüchlein, das den, der es bei sich trägt, unsichtbar macht, führte mich auf weite Traumreisen. Was hätte ich gemacht, wenn ich es selber besessen hätte? Ich wäre nach Nürnberg gereist und hätte unbemerkt dem Verleger Felßecker, bei dem ich nie wieder etwas erscheinen lassen wollte, aus der Geldtruhe die Taler geholt, die er mir von Rechts wegen schuldig war. Und dann? Und dann? Vielleicht würde ich all die Orte noch einmal aufsuchen, an denen ich bisher gewesen war, unsichtbar Menschen belauschen, die ich von früher kannte, um zu sehen, ob ich sie damals richtig beurteilt hatte. Ich hatte einen Krug Wein neben den Blättern stehen. Ich trank gern während des Schreibens. Eigener Anbau. Ich habe seit meiner Seßhaftigkeit immer eigenen Wein angebaut, selbst gekeltert. Dieser nun, ein 1670er, war der Letzte einer Kette von Sorgenkindern. 1667, 1668, 1669 und 1670 – vier miserable Weinjahre hintereinander. Ein regnerischer, ein kalter Sommer folgte dem anderen. Surius spurius. – Ubi nativum lacrymantur montes acetum. Wo die Berge einheimischen Essig weinen. Ich habe in diesen verzweifelten Jahren versucht, den schwachen Weinchen aufzuhelfen, diesen flüssigen Bullenbeißern die Zähne zu ziehen. Ich habe den Most gefeuert, damit ein Teil des Wassers verdampfte und ein Teil des Zuckers unvergoren blieb. *Feuerwein,* wie man ihn nannte, wurde damals oft gemacht. Ich versetzte den Wein mit allerlei Gemächten, mit Kalk, Speck, Senf, Bleiweiß, Quecksilber, Alaun oder Vitriol. Ach, die Weinfälscherei ist so alt wie der Weinbau. Da sind wir nun auch nicht viel weiter gekommen. Der 1670er war mir gut gelungen. Ich hatte ihm nach der Gärung Traubenmost zugesetzt, dem ich zuvor mit einer Gabe Schwefel das Gären ausgetrieben hatte. So erfreute er durch eine schöne Süße. ›Ächtes Öl, davon einem die Schnautze anklebt.‹ Ich kann es nicht verstehen, daß man heute wieder so auf diese Magenreißer schwört. Wir waren damals gierig auf Süße. Es wurden Weine importiert aus Frankreich, Spanien, Portugal, die mehr Sonne bekommen hatten als unsere verregneten Reben. Die Bürger, die nach dem Krieg wieder reich wurden, wollten das haben, und die Winzer in Nord- und Ostdeutschland konnten da nur ihre Weinfelder umpflügen und Gerste anbauen und Bier brauen.

Ich saß also, dachte, trank und schrieb und war nicht erfreut, als der Blapphart, einer meiner beiden Polizeidiener, den mageren Postsack schlenkernd, den Weg heraufgeschlurft kam.

›Ist gut, leg hin‹, sagte ich, als er neben mir stand und erwartungsvoll den schlaffen Beutel mir entgegenhielt. ›Leg hin, da geh ich nachher dran.‹

›Sie wollen nicht nachsehen, Herr Schultheiß?‹ Der neugierige Blapphart war sichtlich enttäuscht.

›Das hat Zeit. Jetzt hab ich zu tun. Leg hin. Ist gut.‹

Er legte die Post neben mich auf die Tischplatte, blieb aber weiter neben dem Tisch stehen.

›Was stehst du? Hast du nichts zu tun?‹

›Kontrollgang werd ich machen. – Gleich.‹

›Na gut. Dann geh.‹ Aber er stand immer noch und schaute auf den Sack.

›Ist ein Brief drin von woanders. Wollt ich nur sagen dem Herrn Schultheiß. Kann ja sein, und er ist wichtig.‹

›Jaja. Ich seh mir den schon noch an. Guten Weg, Blapphart.‹

Und endlich ging er, ging den langen Weg, auf dem ich ihn mit Verdruß hatte kommen sehen, zurück, und immer wieder drehte er sich um und wollte sehen, ob ich mich nun vielleicht doch schon über die Briefe hermachte. Das tat ich aber nicht, sondern wartete, bis er hinter den Erlen verschwunden war und zog dann augenblicklich den Sack zu mir heran. Es war immer dasselbe, und ich ärgerte mich dabei hauptsächlich über mich selbst. Es war eigentlich nie ein Brief dabei, der sofort gelesen werden mußte. Ich hätte in aller Ruhe noch zwei Stündchen weiterschreiben können, um erst nach dem Mittagessen, vielleicht auch erst nach einem Mittagschläfchen an die Lektüre zu gehen. Ich schaffte es nicht. Ich mußte sofort nachschauen, auch wenn dann jedesmal mein Schreibfluß böse unterbrochen war und mühsam wieder in Gang gebracht werden mußte. Auch diesmal waren es langweilige Amtssachen, deren Erledigung reichlich Amtszeit hatte. Nur der Brief von *woanders,* der den Blapphart so aufgeregt hatte, brachte wirklich eine Überraschung. Er kam aus Soest, von einem Absender, der mir gänzlich unbekannt war, einem Albin Schucan, dessen Name schon darauf schließen ließ, daß er oder seine Ahnen zugewandert sein mußten nach Westfalen. Dieser Schucan bezeichnete sich als Buchhändler und großen Verehrer meiner Werke, besonders des *Simplicissimus.* ›Es hat mich‹, schrieb er dem Sinne nach, ›viel Scharfsinn gekostet, herauszufinden, daß Sie, hochverehrter Herr von Grimmelshausen, die nämliche Person sind wie der hochberühmte German Schleiffheim von Sulsfort, und daß auch Simplicius Simplicissimus, der seltsame Vagant, der Melchior Sternfels von Fuchshaim genannt wird, kein anderer ist als Sie. Sie kennen unsere Stadt, haben in schlimmer Zeit darinnen geweilt und sich als Jäger von Soest einen Namen gemacht. Freilich ist solches nun schon lange her, und wenn Sie damals ein Jüngling waren, müssen Sie nun etwa ein Mann von fünfzig Jahren sein. Es erzählen die Eltern ihren Kindern aber immer noch vom Jägerken, und als Ihr Roman erschien und ich darin auf die Kapitel stieß, die in Soest spielen, habe ich dies allenthalben kundgetan und konnte darauf die Nachfrage nach Ihrem Buche kaum befriedigen. So gibt es nunmehr bei uns einen Kreis der entzücktesten Bewunderer Ihrer Kunst, und oft schon regte sich der Wunsch, des gefeierten Autors persönliche Bekanntschaft zu machen. Obwohl ich wohl weiß, daß das Reisen beschwerlich ist und langwierig vom Süden zum Norden, möchte ich doch die Anfrage wagen, ob Sie, hochgeschätzter Herr von Grimmelshausen, zu unser aller Freude geneigt wären, einen Besuch in Soest zu erwägen, um aus Ihrem Simplicissimo einem geladenen und ausgewählten Kreise vorzulesen, wenn Ihnen ein commodes Fahrzeug nebst allen Kosten der Reise, sowie eine bescheidene Vergütung in Höhe von 10000 Reichstalern angeboten würden.‹

Was sollte man dazu sagen? Man wollte mich feiern und bewundern, ganz ohne Frage, und solch eine Anfrage hatte es noch nie gegeben. Eine bescheidene Vergütung nannte dieser Schucan 10000 Reichstaler. Zehntausend Taler! Über welche Reichtümer er wohl verfügen müßte? Und das als Buchhändler! Verdiente man soviel mit Buchhandel? In Soest? Mir kam, das werden Sie verstehen, die ganze Sache etwas sonderbar vor, aber da es seltsame Käuze gibt in der Welt von mancherlei Art, warum nicht auch einen solchen, der es sich ein Vermögen kosten läßt, einen Dichter über Hunderte von Meilen herbeizuholen, um ihn bestaunen zu lassen. Die 10000 Reichstaler, das brauche ich nicht besonders zu betonen, wären mir hochwillkommen gewesen. Ich durfte gar nicht darüber nachdenken, um nicht närrisch zu werden vor Freude und dann wieder vor Furcht, alles möchte nur ein übler Scherz sein, eine Facetie und Büffelsposse, womit man mich reinlegen wollte. Reinlegen? Wer könnte mich reinlegen wollen? Felßecker, mit dem ich gebrochen hatte, dem ich vom nächsten Jahre an kein einziges Werk mehr zum Druck geben wollte? Ich mußte auf der Hut sein, durfte und wollte aber auf keinen Fall absagen. So antwortete ich nach einigem Überlegen zustimmend und bat um weitere Nachricht. Diese traf wirklich einige Wochen später ein und zudem eine Anweisung über 500 Gulden auf eine Straßburger Bank für alle Bequemlichkeiten meiner Fahrt, die am 1. oder 2. September beginnen sollte, je nach Eintreffen des Schiffes, mit dem ich rheinabwärts gleiten würde. Dieser zweite Brief war sehr ausführlich und enthielt auch einen Hinweis auf den wirklichen Financier und Mäzen der Reise. Es handelte sich um einen Mijnheern van Veen, einen holländischen Kaufmann, der eine Niederlassung in Soest hatte. Das Schiff, mit dem ich fahren sollte, war einer seiner Lastensegler, mit dem außer meiner Person einige Fuder Elsässer und Bacharacher Weins transportiert werden sollten. Eine solche erfreuliche Nachbarschaft sei einem Dichter ja vielleicht noch zuzumuten, zumal der Segler, im Gegensatz zu anderen Exemplaren seiner Art, eine komfortable Kabine habe, die der Kaufherr selber zuweilen zu benutzen pflege. Ich solle mich also um den genannten Zeitpunkt herum in Straßburg aufhalten und im *Gasthof zum schwarzen Roß* logieren, welches zu empfehlen sei. Dort werde mich der Kapitän des Flußschiffes aufsuchen und abholen. Nun waren keine Zweifel mehr möglich. Es war nicht daran zu denken, daß sich jemand mit mir einen Scherz erlauben wollte. Wenn ich das Geld für die Wegzehrung in den Händen hielt, wenn die Bank wirklich auszahlte, mir diesen fürstlichen Betrag übergab, brauchte ich nicht die geringste Sorge mehr zu haben, sondern konnte zum ersten Mal in meinem ganzen Leben mich wie ein reicher Mann aufführen. Eine einzige Bitte enthielt der Brief des Buchhändlers Schucan, die vielleicht ein wenig sonderbar klang, meiner Vorliebe für Versteckspiel und Maskierung aber entgegenkam. Man kenne den Autor des *Simplicissimus* überall nicht anders als den Herrn German Schleiffheim von Sulsfort und es könne sich durchaus ereignen, daß man mir, wenn ich unter meinem wahren Namen erschiene, gar nicht glaube, daß ich wirklich der Verfasser sei, so daß man dann auch nicht den Jäger von Soest in mir erblicken würde, nach dessen Erscheinen man solches Verlangen trage. Nun gut, sagte ich mir, den Herrn von Sulsfort, den es nie gegeben hat, den willst du wohl noch spielen, aber ob du dem armen Herzbruder die Ehre solltest streitig machen, das Jägerken zu sein, das ist die Frage. Aber dann dachte ich, daß mein frühverstorbener Freund nun wirklich nichts mehr davon habe, für den Jäger angesehen zu werden, ja daß er vermutlich sogar glücklich sein würde, daß ich ihm diese Jugendstreiche nicht noch postum anhängte, und entschloß mich, in Gottes Namen denn, sein Erbe zu sein und mich für ihn auszugeben. Mein ehemals rotes Haar war inzwischen grau geworden, und ich brauchte nicht zu befürchten, daß man den Schwindel duchschauen würde. Ich nahm Abschied von Frau und Kindern, Urlaub vom Amte war mir gnädigst gewährt worden, und fuhr nach Straßburg.«

Grimmelshausen hatte während des Erzählens mit wachsendem Appetit gegessen. Die Abalonensuppe und die Frühlingsrolle waren bereits verspeist. Nun beugte er sich schnuppernd über die süßsauren Hummerkrabben und nahm zwei Stäbchen zur Hand, mit denen er sehr geschickt umzugehen wußte. Der Buchhändler hatte sein Chop Suey vereinnahmt und schaute auf die Uhr. Da er aber einsehen mußte, daß es unmöglich war, diesen Phantasten zu etwas weniger epischer Breite anzuhalten, zog er wieder seine Pfeife hervor und begann sie zu stopfen.

»Ich werde«, sagte Grimmelshausen, »hiernach Löwenköpfe essen, Shih Tzu Tou. Nicht Fleisch von Löwen, wenn Sie das denken, aber die Schweinefleischklößchen sehen zusammen mit dem strähnig geschnittenen Chinakohl wie Löwenköpfchen mit Mähnen aus – bei einiger Phantasie, und dieser Beobachtung verdankt das hübsche Gericht seinen drolligen Namen. Sie sollten auch … Was? Sie sind schon satt? Aber ich bitte Sie! Bei mir kommt der Appetit immer erst beim Essen, und damit es keine Unterbrechung gibt, werde ich schon jetzt bestellen.

Aber weiter! – Nach Straßburg also fuhr ich, nur mit einem kleinen Beutel versehen, denn alles Nötige gedachte ich dort einzukaufen. Ich besaß, müssen Sie wissen, kaum repräsentative Kleider. Ich bevorzugte ein ledernes Wams und derbe Hosen, die viel vertrugen, denn in meinem Renchen gab es kaum Gelegenheit, Staat zu machen. Nicht einmal den Mantel, den meine Frau mir aufdrängen wollte für kühle Herbsttage, deren man so hoch im Norden gewärtig sein müsse, nahm ich mit. ›Was soll mir der alte Kotzen‹ , sagte ich. ›Bei Bedarf kaufe ich mir etwas Neues‹, und meine gute Katharina befürchtete seufzend den Ausbruch der allerschlimmsten Hoffahrt bei ihrem schlichten Gemahl.

Als ich das Bankhaus besuchte, wunderte man sich ziemlich unverhohlen, daß ein groblederner Bursche wie ich soviel Geld bekommen sollte, aber es gab keinen Zweifel an meiner Identität, und so mußten sie die reiche Wegzehrung herausrücken. Wohlversehen trat ich zunächst in das Geschäft eines Schneiders, um mir die nötige Ausstaffierung zu besorgen, und erschrak dann doch tief hinein in mein sparsames Gemüt, als ich in dem kleinen, gelbgesichtigen, dunkelhaarigen Männlein, das mir entgegentrat, alsbald einen gebürtigen Franzosen erkennen mußte, der sich in der freien Reichsstadt niedergelassen hatte, um die reichen Herrschaften mit feiner Mode zu versorgen. Er war Menschenkenner genug, um sofort zu wissen, daß ich mich eigentlich verlaufen hatte, ein Kleinstädter, der sich ein wenig herausputzen will für eine Reise, aber nicht viel nach der neuesten Couture fragt.

›Unmöglisch, mein Ehrr, gaanz uuunmöglisch! Drei Kleider in ßwei Tag? Was denken Sie, wie lang dauert gute Arbeit?‹ Aber er war doch zu sehr Geschäftsmann, um mich, ohne an mir etwas verdient zu haben, wieder zur Tür hinauszukomplimentieren.

Indem er immer ›Uuuunmöglisch, uuunmöglisch!‹ sagte und den Kopf schüttelte, dachte er wieselschnell nach, und plötzlich hatte er eine Idee. Er trat hinter mich, zog mir mit raschem Griff die schäbige Jacke aus, legte sie mit spitzen Fingern über einen Stuhl, sprang ins Kabinett nebenan und kam mit einem prächtigen Seidenrock mit feinsten Aufschlägen zurück, in den er mich schlüpfen ließ, um sofort in die Hände zu klatschen.

›Parfaitement! – das nenne isch aben fortune! Der Ehrr aben gleisches Figur mit unglückselige Ratsehrr Knispel. So bin isch in die Lag, ßu verkaufen den Ehrr ganze Garderobe, so isch gemacht für ihn. Arme Ratsehrr Knispel! Aber welsch eine Occasion pour Monsieur!‹

Was es mit arme Ratsherr Knispel auf sich hatte, sollte ich sofort erfahren, denn wortreich erzählte mir der Maître, daß dieser sich eben die schönsten Kleider bei ihm bestellt und mehrfach anprobiert habe, als er völlig überraschend ermordet worden sei, auf dem Weg vom Spital, wo er einen abendlichen Trunk getan, zu seinem Haus. Kein Raubmord. Nicht einmal die Börse habe man ihm abgenommen. Mystérieusement! Die Polizei habe es nicht herausgekriegt. Aber etwas anderes sei zutage gekommen nach seinem Tode. Der arme Ratsherr war wirklich ein armer Knispel. Er war total verschuldet. Nicht einmal das vornehme Haus gehörte ihm mehr, und wahrscheinlich hätte er auch kein Geld gehabt, um die bestellte Garderobe zu bezahlen. Da lag nun alles, und keiner wollte es haben. Der eifrige Tailleur trug Stück um Stück herbei, und ich mußte in schnellem Wirbel goldbestickte Westen, bauschige Hemden, samtene Hosen und wallende Mäntel anprobieren. Es paßte mir alles, es war wie für mich geschneidert, und der kleine Franzose fiel von einem Entzücken ins andere. Zu seinem Kummer jedoch konnte ich mich nicht zum Ankauf der gesamten Herrlichkeiten entschließen, sondern wählte nur einiges aus, und es läßt sich nicht leugnen, daß die Sachen, auch wenn ich bestrebt war, nur die schlichtesten zu nehmen, doch einige Nummern zu ausgefallen für mich waren, was jedoch der Schneider nun gar nicht fand. Er wollte das Zeug unbedingt loswerden. Vielleicht stand es auch in der Gefahr, aus der Mode zu kommen, und wahrscheinlich wollte eine Kundschaft, die in Frage kam, nicht die Kleider vom armen Ratsherrn, vom ermordeten Knispel haben. Das könnte einem ja selber womöglich Unglück bringen. Es gelang mir auch, worauf ich stolz war, den geforderten Preis noch um einiges herunterzuhandeln. Die alten Klamotten bat ich ihn beiseite zu schaffen, ein Gewand behielt ich gleich an und gab Order, mir das übrige in das *Schwarze Roß* bringen zu lassen.

›Ihre Nam, Monsieur, wenn isch darf öflisch bitten.‹

Ja, wie sollte ich mich nun nennen? Noch Grimmelshausen? Nein, es erschien mir klüger, schon hier mit der Maskerade anzufangen und mich an meine simplicianische Existenz zu gewöhnen. Und so sagte ich: Schleiffheim von Sulsfort. Das nun entzückte den Franzosen über die Maßen, und er tat so, als ob ihm dieser vollkommen erfundene Name schon seit langem geläufig sei.

›Schleiffheim von Sulsfort! Ah oui! Ah oui! Aben isch gewußt gleisch, daß der Ehrr sein von Adel. Sieht man sofort mit geübte Auge. Aber Sie müssen aben les perruques von Ratsehrr. Isch werde Ihnen ßeigen der Weg ßu Monsieur Klemperer, wo at gemacht alle perruques pour Knispel.‹

Eine Perücke? Sollte ich mir eine Perücke kaufen? Ich hatte noch nie eine besessen. Aber es wäre vielleicht nicht schlecht, mein noch immer rötlich schimmerndes Haar durch eine künstliche Tracht zu überdecken, um so dem Urbild des Simplicissimus näher zu kommen. Überhaupt reizte es mich, die Verwandlung nun so vollkommen wie möglich zu machen, und so ließ ich mich von einem Lehrjungen vor die Tür des Barbiers und Perükkenmachers geleiten. Dort erwarb ich, nun standhafter, nur eine einzige Allongeperücke und ließ mir meinen Schnauzbart schwarz färben. Ich sah vollständig verwandelt aus, und wenn ich in Straßburg einem Bekannten begegnen sollte, was ja immerhin hätte sein können, so war ich vor einer Entdeckung absolut sicher. Ich hatte zwar nichts zu verbergen, aber es war doch seltsam, daß der Schultheiß von Renchen sich in feinster Kleidung, so wie ihn keiner je gesehen hatte, in Straßburg amüsierte und in einem vornehmen Haus logierte. Dort übrigens war ich erst nach meiner Verwandlung eingezogen und nachdem ich einen Reisekoffer erworben und zum Schneider hatte expedieren lassen, damit meine Ausrüstung darin verpackt und mir zugestellt werde. Mein Gepäck werde nachkommen, sagte ich dem Wirt und ließ mich auf mein Zimmer hinaufbegleiten. Ich hatte den Blick auf das Münster, denn das Wirtshaus lag gegenüber, und konnte dem Treiben auf dem Platz zuschauen, den Marktleuten und allerhand Gauklern und Puppenspielern, die dort ihr Wesen trieben. Es gab auch welche, die erbettelten sich ein Trinkgeld, stiegen dann auf den Turm hinauf – man konnte sie im Innern höher und höher steigen sehen – und traten, auf der höchsten Höhe angekommen, ins Freie, zogen ihr Wams aus und warfen es hinunter und schwenkten ein Fähnlein. Ich hatte viel Kurzweil auf meinem Zimmer, in dem es auch einen großen Spiegel gab, vor den ich mich unentwegt hinstellte, um mich zu bewundern. Nein, nicht einmal meine eigene Frau hätte mich in diesem Kostüm wiedererkannt. Es stand mir ganz außerordentlich gut, mußte ich immer wieder feststellen, weitaus besser als die rustikale Lederjacke, ja es war kein Zweifel, daß ich eigentlich geboren war für reiche, elegante Kleidung. Mein wahres Wesen, den eigentlichen Kern meiner Persönlichkeit brachte dieses Habit zur Erscheinung, und so war eigentlich alles, was ich vorher getragen, ein Kostüm zu nennen, welches die Mitwelt täuschte über den Adelsglanz meiner Natur. Nun müßte mein Großvater mich sehen! Er würde nicht umhinkönnen, seine Prophetengabe bestätigt zu sehen. So, ja so sah ein Grimmelshausen aus, der das alte Geschlecht wieder zu Ruhm und Ehre brachte, ja recht eigentlich überhaupt erst auf seinen Höhepunkt. ›Würdig‹, sagte ich zu mir, ›du siehst würdig aus, würdig deiner selbst‹, und nickte mir gnädig zu.

Drei Tage brachte ich in der Stadt zu, und ich habe mich nicht eine Stunde gelangweilt. Das Haus führte eine vorzügliche Tafel, und ich bekam dort Speisen zu essen, die ich noch nie gekostet hatte. Kein Vergleich mit den überwürzten Gerichten damals in Hanau. Die feine französische Küche hatte vom nahen Frankreich her herübergewirkt. Der Gasthof wurde bevorzugt von Kennern besucht, und es gab tatsächlich Leute, die eine Reise von fünf oder sechs Stunden nicht scheuten, um hier einzukehren und dann wieder zurückzufahren. An der Tafel wurde fast ausschließlich über Rezepte und Zutaten gesprochen, über Aufzucht und Behandlung von Forellen, über die beste Zeit für den Verzehr von Flußkrebsen und Weinbergschnecken und dergleichen. Man gab mir den dringenden Rat, den Weinkeller des reichen Spitals zu besuchen, das 1398 erbaut worden sei. Auf jeden Fall müsse ich die drei der berühmtesten Weine probieren, die dort unter vielen anderen noch immer lagerten: einen von 1472, einen von 1519 und einen von 1525. Ich folgte dem Rat und ging hin. Der Kellermeister hantierte dort wie der Hohepriester im Allerheiligsten und sprach geziert und affektiert und ließ erkennen, daß er alle anderen für die ärgsten Banausen hielt. Von dem ältesten Wein, dem von 1472, der nun beinahe zweihundert Jahre alt war, schenkte er für ein Sündengeld nur ganz wenig aus. ›Ain kalaines Galäslein‹, wie er sagte, und das Zeug war ein schmieriger, trüber Sirup, der eigenartig schmeckte, aber von mir andächtig geschlürft wurde. Man genoß hierbei wohl mehr die zweihundert Jahre als den Wein, und ich bin mir auch nicht sicher, ob in all der Zeit nicht schon so viel in das Faß nachgefüllt worden war, daß nur noch ein Tröpfchen von allem wirklich das angegebene Alter besaß.

Ich besichtigte in meiner Muße die ganze Stadt, vor allem das herrliche Münster, das ich freilich schon von früheren Besuchen her kannte. Aber nun war ich ein Reisender und überhaupt ein anderer und sah deshalb alles mit anderen Augen. Ich machte Spaziergänge auf den Wällen, verweilte an den Kanälen und sah den Schiffen zu, die herein- und hinauszogen. Es gab damals Leute, die verglichen Straßburg dieser Kanäle wegen mit Venedig, meinten aber, es sei viel gesünder, weil man dort nur salziges und stinkendes Wasser habe, während hier süßes und lauteres Wasser sei, das ein Arm des Rheines sowie die Ill und die Breusch herbeiführten. Ich genoß es, zum ersten Mal nicht in Amtsgeschäften hier zu sein und konnte es manchmal gar nicht fassen, daß ich nicht schon meilenweit fort, sondern immer noch recht nah meinem Heimatort war, so entfernt und verreist kam ich mir bereits vor.

Endlich stellte sich der Kapitän ein, brachte einen Matrosen mit, der mein Gepäck trug, und führte mich zu dem Schiff, auf dem ich die nächste Zeit verbringen sollte. Es war einer der damals üblichen Lastkähne, die über einen hohen Mastbaum und ein großes Segel verfügten und häufig noch ein kleineres Boot im Schlepp hinter sich herführten. Die *Annagret*, wie es hieß, war bedeutend größer als die gewöhnlichen Schlepperchen. Es hätte zwar nicht zur See fahren können, aber es besaß im erhöhten Heckteil doch eine geräumige, mahagonigetäfelte Kabine mit einem verhangenen weichgepolsterten Alkoven, in dessen Rückwand man durch zwei kleine Fensterchen auf den Fluß hinausschauen konnte; mit Stühlen, Tisch und Schränken und verzierten Regalen, auf denen Töpfe mit feinen Tabakmischungen standen und lange holländische Tonpfeifen lagen. Auch gab es einen kleinen, aufklappbaren Waschtisch und ein kompaktes Sesselchen daneben, durch das die Notdurft mittels eines Rohres in den Fluß geleitet wurde. Höchst sinnreich war alles eingerichtet.

Der Kapitän war ein schweigsamer Mann, der nur Holländisch sprach, aber Deutsch verstand. Er hatte drei dicke Warzen auf der Stirn, die so gelagert waren, daß sie sich gegeneinander bewegten, wenn er das Gesicht in nachdenkliche Falten legte. Er hieß Braaksma, oder so ähnlich. Das Schiff hatte den Elsässer Wein, insgesamt vier Fässer, schon aufgenommen und war bereit zur Abfahrt. In Bacharach sollten weitere Fuder geladen werden, die teils für Amsterdam, teils für die Niederlassung des Herrn van Veen in Soest bestimmt waren. Letztere würden zusammen mit mir in Duisburg das Schiff verlassen und mit Lastkarren weiter befördert werden. Für mich, das entnahm ich der Rede des Kapitäns, werde eine Kutsche bereit sein. Ich richtete mich häuslich ein, und als ich nach dem Auspacken meiner Sachen aus einem der Fenster schaute, waren die Anker schon gelichtet, und das Schiff segelte in sanftem Wind stromabwärts. Da es den Fluß hinunterging, benötigten wir auf dieser Reise kaum Pferde, die mit einem langen Seil das Schiff von einem Leinpfad am Ufer aus vorwärts zogen, sondern konnten uns über lange Strecken, unterstützt durch den Wind, treiben lassen. Eine ruhige Art des Reisens. Kein Rütteln und Stoßen wie auf den holprigen Straßen, aber auch nicht die stets drohende Gefahr eines Sturms, dessen man auf der See gewärtig sein mußte. Kein unangenehmes Schaukeln, das einem auf den Magen schlug. Ich war vollkommen mit allem zufrieden.

Ich saß auf der Reise oft am Tisch in der Kabine, ein Glas Wein neben mir, wie zuhause, und schrieb weiter an meinem *Vogelnest*, mit dem ich gut vorankam. Jeden Abend warfen wir Anker, und ich ging in ein Gasthaus, um zu speisen und zu trinken. Oft kehrte ich spät in der Nacht schwankend und vergnügt zurück und schlief in meiner Kabine bis in den Morgen, und wenn ich erwachte, waren wir meist schon wieder unterwegs. Oft dachte ich während der Reise darüber nach, wie ein Mensch es nur über sich bringen konnte, so unvernünftig viel Geld auszugeben, um einen Dichter kommen zu lassen, damit er etwas vorlese. Wie mußte er mich verehren! Verehrte ich selber einen anderen ebenso? Nicht unbedingt einen Dichter, denn über seine Zeitgenossen, wenn man sie nicht überhaupt verachtet, ärgert man sich doch nur. Aber vielleicht einen Musiker? Einen Maler? Ich mußte feststellen, daß ich, auch vorausgesetzt ich wäre reich, doch zu geizig war, um die Kultur zu fördern. Ich war manchmal etwas beschämt, daß ein anderer sich in solche Ausgaben stürzte, um etwas eigentlich Nutzloses zu tun. Eine Dichterlesung! Was konnte eine Dichterlesung bewirken? Damals, zu meiner Zeit gab es ja auch noch keine, und schon deshalb erschien mir das ganze Unternehmen höchst ungewöhnlich und im Grunde närrisch. So war ich denn froh und stolz, daß ich für meinen Mäzen nicht nur ein Gegenstand von erlesenem Luxus sein durfte, sondern die Gelegenheit bekam, ihm auch einen wirklich materiellen Nutzen zu bringen. Und das kam so:

In Bacharach sollte weiterer Wein geladen werden, wie ich schon sagte, und da es ein warmer, sonniger Tag war, begleitete ich den Kapitän zu dem Keller, in dem die Fässer lagerten und die Schröter sich schon versammelt hatten, um sie durch die Kellerluke hinauf und auf den Karren zu befördern. Die Männer befanden sich in heftigem Streit mit dem Kellermeister, denn man konnte sich nicht über die Qualität des Weines einigen. Es war so: Die Schröter mußten, wenn ihnen ein Faß, und das kam schon mal vor, aus der Kontrolle geriet, von der Schrotleiter abkam und in Stücke brach, den ausgeflossenen Wein ersetzen. Deshalb hatten sie das Recht, und machten ausgiebig davon Gebrauch, die Fässer zuvor zu probieren und zu taxieren. Dieser Bacharacher nun sollte aus dem Jahr 1666 stammen, dem einzig guten und reichlichen Jahrgang vor den vier schlechten, die darauf gefolgt waren. Eine Seltenheit. Es gab kaum noch was davon. Nein, nein, dies sei kein 66er, auf gar keinen Fall. Dem Kellermeister war die Sache peinlich, zumal nun auch noch ein so vornehmer Herr wie ich zugegen war, in dem er einen Vertreter des holländischen Kaufherren, vielleicht sogar dessen Miteigner vermutete, und lud mich sofort zur Probe ein. Er füllte ein Glas ab, reichte es mir mit einer Verbeugung und sagte, dies sei der beste Wein, den er im Keller habe, und er trenne sich von ihm nur schweren Herzens. Hier! Ich möge probieren und mich überzeugen. Ich trank.

›Bemerken Sie, mein Herr, die feine Firne, die reife Süße? Ein typischer 66er. Die Leute da wollen ihn mit böser Absicht heruntermachen. Es hat auch kaum noch ein Keller diese Weine. Längst ausverkauft nach den vier verregneten Jahren. Aber hier, nicht wahr, der Herr ist ein Kenner, hier ist noch einer von großer Art. Was?‹

Naja, dachte ich, die Firne ist ihm nicht abzusprechen und auch die Süße nicht, aber ob die eine vom Alter und die andere von der Sonne kam, das war noch die Frage. Die Schröter grinsten.

›In der Tat‹ sagte ich, ›ein ganz ungewöhnlicher Wein. Dazu darf man gratulieren. Und einen unbezahlbaren Kellermeister hat Ihr Herr an Ihnen.‹ Die Schröter tippten sich an die Stirn. ›Ich darf doch mal den Keller besichtigen? Ich bin wirklich noch nie in einem Weinkeller gewesen.‹ Die Schröter schüttelten die Köpfe und grunzten. Der Kellermeister tat nichts lieber, als mir sein Reich zu zeigen. Er ließ mich noch aus anderen Fässern probieren, erklärte die Weinbereitung, zeigte mir seine Kelter. Ich sah mir alles an und spähte in jeden Winkel.

›Da ist nicht aufgeräumt, da liegt nur alter Plunder‹, sagte er, als ich die Tür zu einem Verschlag öffnete und einen Blick hineinwarf.

›Soso‹, sagte ich und ›jaja. Und nun möchte ich noch einen Schluck vom 66er nehmen.‹

Der Meister zapfte mir ab und sah mir munter zu, wie ich den Schluck im Munde hin und her bewegte.

›Wie ich schon sagte: ein ungewöhnlicher Wein. Da muß sich einer schon auskennen, um solch einen zu machen. Aber noch mehr muß einer sich auskennen, wenn er den wahren Kern dieses Weinchens herausschälen will aus seiner Verkleidung. Ich will dir sagen, was das hier in diesem Fasse ist: ein verzuckerter 70er, der künstlich alt gemacht wurde.‹

›Alt gemacht?‹ Der Meister schüttelte sich vor Lachen. ›Wie sollte man das anstellen?‹

›Tu nicht so dumm. Das weißt du ganz genau. In deiner Rumpelkammer habe ich lederne Behälter gesehen. Darin lagert man den jungen Wein für ein Weilchen, damit er Altersgeschmack annimmt.‹

›Lederwein? – Das soll Lederwein sein? Aber ich bitte!‹ Der Kellermeister war ganz außer sich. Breit schmunzelten die Schröter.

›Nichts anderes‹, sagte ich. ›Aber eine gute Fälschung immerhin. Nicht jeder würde dahinter kommen‹, und trank den Rest des Glases aus.

›Wird der Wein nicht gekauft?‹ fragte der Kellermeister erschrocken und schaute vom Kapitän zu mir und wieder zum Kapitän, weil er nicht wußte, wer hier zu entscheiden hatte. Der Kapitän zuckte die Schultern und sah mich fragend an.

›Nun‹, meinte ich. ›Das Zeug kann man schon trinken, besonders wenn man nicht weiß, was es ist. In Holland und in Soest weiß man das ganz bestimmt nicht. Ich würde sagen: Man nimmt den Wein, aber man bezahlt nur ein Drittel des ausgemachten Preises dafür.‹

Die Schröter hielten das für ein wirklich salomonisches Urteil, zumal sie ja leer ausgegangen wären, wenn wir auf den Bacharacher verzichtet hätten. Aber es war damals schon so wie heute. Mit einem guten Namen läß sich ein Wein immer verkaufen, besonders an Leute, die Geld haben, aber keinen Geschmack.

Zu Klingenberg am Main
Würzburg am Stein,
Bacharach am Rhein,
Wachsen die besten Wein.

So hieß es damals. – Mit dem säuerlichen Gutsverwalter gab es dann noch eine zähe Verhandlung, bis man die Herabsetzung des Preises akzeptierte, nachdem auch noch der Herr des Weingutes hinzugezogen worden war, ein Herr von Pyrell, ein grämlicher, alter Offizier, der unter Wallenstein gekämpft hatte und sich nun hauptsächlich der Pferdezucht widmete und die Veredelung seiner Weine dem Kellermeister überließ. Nach diesem schönen Erfolg war ich in der Achtung des Schiffskapitäns gewaltig gestiegen, was sich vor allem daran zeigte, daß er nun anfing, recht ordentlich Deutsch zu sprechen, der Schlingel.«

Herr von Grimmelshausen hatte während des Erzählens ununterbrochen gespeist. Er verstand es, auch mit vollem Munde höchst manierlich zu reden. Wie er mit den Stäbchen Fleisch- und Gemüsestückchen und Reis auswählte und zu sich emporhob, so wählte er die Worte und Sätze in schöner Folge. Es schien so, als rege ihn das Essen zum Erzählen an, als verwandle er dauernd Materie in Geist. Der Buchhändler hörte ihm nun, da er sich mit seinem Schicksal abgefunden hatte, höchst amüsiert zu. Besonders am Ende der Bacharach-Anekdote konnte er sich eines Grinsens nicht enthalten.

»Sie lassen sich wohl öfter auch mal durch die Gegenwart zu Ihren Erinnerungen beflügeln.«

»Wie meinen Sie das?«

»Ach nur so. Erzählen Sie weiter. Mich interessiert das sehr. Aber wenn Sie vor dem Abend noch in Soest ankommen würden ...«

»Ich beeile mich, o gewiß, ich werde mich beeilen. Mein altes Laster. Ich bin zu ausschweifend. Und dann: Sie werden es nicht glauben, aber das Erzählen macht meine Erinnerungen immer plastischer. Mir fallen Dinge ein, an die ich bisher nie wieder gedacht habe. So ist es also auch für mich jedesmal spannend, denn jedesmal kommt etwas hinzu. Aber jetzt will ich mich mäßigen.«

Da der Ober gerade vorbeikam, bestellte der Dichter, der zur Zeit seine *Löwenköpfe* mit Genuß verzehrte, rasch noch ein weiteres Gericht: *Zil Myun Zo Zim,* Truthahn mit Mangos, wozu er dem Buchhändler erklärte, daß er schon damals gern Truthahn gegessen habe. *Kalekutisch Hahn* habe man zu diesem aus Indien zu uns gekommenen Geflügel gesagt, oder auch *Kalkutschhahn.*

»Meinen poetischen Vogel nannte ich damals den Truthahn, weil mir nach seinem Verzehr regelmäßig die besten Einfälle kamen, weshalb ich zusah, immer dann ein solches Tier zu bekommen, wenn ich irgendwo festsaß.

Aber weiter! – Ich übergehe die einzelnen Stationen dieser Fahrt, die noch reich war an Begebenheiten und Begegnungen, und will nur noch von dem Abend in Bonn berichten, weil er etwas zu tun hat mit den späteren Vorkommnissen in Soest. Wir hatten angelegt, um unsere Zollgebühr für das Kölner Erzbistum zu erlegen, ich war an Land gegangen, hatte einen Rundgang durch die Stadt gemacht und mich dann in einem Weingarten am Rheinufer niedergelassen, wo ich einen Schoppen Dollendorfer trank, der von gegenüber stammte, von der letzten Erhebung des Mittelrheins, ehe die Landschaft zur Ebene wird. Ich ließ mir auch noch ein gutes Abendessen schmecken und bestellte einen weiteren Schoppen.

Unser Schiff konnte ich von meinem Platze aus sehen. Es lag an der Zollstelle. Die Formalitäten waren wohl längst abgewickelt, aber der Ankerplatz sollte erst morgen in aller Frühe verlassen werden. Ein dunkel gekleideter Mann von imponierender Größe, grauhaarig und blassen Gesichtes, war an die Ufermauer getreten und wechselte einige Worte mit dem Kapitän. Ich konnte nicht verstehen, was die beiden sprachen, aber der Kapitän wies einige Male zu dem Garten hinauf, in welchem ich saß. Nach etwa zehn oder fünfzehn Minuten verabschiedete sich der Mann und stieg die steinernen Stufen zur Gartenwirtschaft hinauf. Er trat an meinen Tisch, verbeugte sich und bat mich, Platz nehmen zu dürfen. Knörenschild, stellte er sich vor, Friedrich David Emanuel Knörenschild, und sah mich dabei aus eng beieinander stehenden Augen mit scharfem Blick an. Er wartete gar nicht ab, mit welchem Namen ich mich nun vorstellen würde, sondern kam gleich auf die *Annagret* zu sprechen.

›Ein schönes Schiff haben Sie. Eins von solcher Bauart sieht man selten hier auf dem Rhein. Wie ich vom Kapitän soeben vernahm, haben Sie Wein geladen. Ich habe, müssen Sie wissen, mehrere Weingüter erst kürzlich erworben und möchte davon einigen Gewinn ziehen. Ich erwäge, ob ich nicht einen Weinhandel eröffnen soll, und wüßte da gern Ihren Rat. Vor allem aber, von welcher Werft dieses wundervolle Schiff stammt, damit ich mir gegebenen Falles dort auch eins bestellen kann.‹

Was sollte ich nun sagen? Ihm erklären, daß ich gar nicht der Eigner des Schiffes war, kein Weinhändler und begüterter Kaufherr? Sollte ich ihn an die Anschrift des Herrn van Veen verweisen? Nein, sagte ich mir, laß es bei diesem Irrtum. Von Weinhandel verstehe ich einiges, und über das Schiff und die Handelsverbindungen des Herrn van Veen hatte mir mein Kapitän viel erzählt, seit er seine holländische Einsilbigkeit mir gegenüber aufgegeben hatte. Und wo ich nun überhaupt nicht Bescheid wußte, konnte ich mich in andeutungsreiche Nebel hüllen, denn schließlich gibt es Geschäftsgeheimnisse, die ein kluger Kaufmann einem möglichen Konkurrenten nicht verrät. So spielte ich den behäbigen Handelsherrn und freute mich, wie gut mir das gelang. Ich erlog das tollste Zeug, womit ich meine Erzählung jetzt aber keinesfalls erweitern will, Herr Ellinghaus. Herr Knörenschild hörte mir mit großer Aufmerksamkeit zu, ich lud ihn zu einem Schoppen Wein und dann noch zu einem kleinen Imbiß ein, was er nicht ablehnte. Ich fragte ihn nach seinen Weingütern, und er sagte, daß sie bei Rüdesheim gelegen seien. ›Gute Lagen‹, meinte ich, ›ganz sicher gute Lagen‹, aber er seufzte.

›Das weiß ich nicht, das wird sich noch zeigen, und vor allem wird es ein gutes Stück Arbeit kosten, bis ich etwas Geld daraus erlöse. Ich habe mein ganzes Leben in ärmlichen Verhältnissen gelebt. Nun habe ich eine kleine Erbschaft gemacht. So viel, daß ich sorglos davon leben könnte, ist es leider nicht. Deshalb habe ich Weinberge gekauft und stehe vor einem Geschäft, von dem ich noch kaum eine Ahnung habe. Reich zu werden wie Sie, das wäre mir ein schönes Ziel, aber ich muß mich damit beeilen, denn ich habe schon die Fünfzig überschritten. Sie wahrscheinlich sind schon begütert auf die Welt gekommen.‹

›Nein, ganz und gar nicht. Ich war arm wie eine Kirchenmaus, hin- und hergeworfen vom großen Krieg, bei dem man kein Glück machen kann und alles, was man erringt, rasch wieder verliert. Erst nachher, in der Friedenszeit, habe ich mir alles erworben.‹

›Das ist ja fabelhaft!‹ Ich konnte nicht herausfinden, ob dieser Herr Knörenschild mich bewunderte oder sich über mich mokierte, denn es lag ein ironischer Unterton in seiner Stimme, den ich mir nicht zu deuten wußte. ›Alles erworben auf ehrliche Weise? Das ist allerhand.‹

›Halten Sie mich für einen Dieb.‹

›Das will ich nicht sagen, aber ich wüßte nur zu gern, wie man das macht. Können Sie mir das Geheimnis nicht verraten, wie man reich wird?‹

›Es beginnt, mein Herr, mit Sparsamkeit‹, eröffnete ich mit Vergnügen eine wohlgesetzte Rede. ›Wieviel vergeudet man nicht und verschwendet es aus Gedankenlosigkeit oder Hoffahrt. Wer etwas mit Zwirn ausnähen kann, der soll keine Seide dazu nehmen, und solange du dich mit alten Kleidern behelfen kannst, so kauf dir keine neuen. Denn so wie viele kleine Bächlein endlich auch einen großen Fluß machen, so wird es vonnöten sein, daß die kleinen Ausgaben eingestellt, und die geringen Einnahmen wohl zusammengehalten werden. Braucht man warme Sachen für den Winter, so meine ich, man könne sich auch mit deutschen Tieren, mit Schaf, Fuchs, Wolf, Marder und Iltis begnügen und ihre Felle nehmen, statt daß man jedes Jahr soviele tausend Reichstaler nach Moskau für Pelzwerk schickt. Auch mit dem Essen wird viel Verschwendung getrieben. So brauchte man sich sogar von geringer Kost nicht immer sattessen, sondern zuweilen aus einem Imbiß zwei machen und überhaupt sich nicht nur nicht überfüllen, sondern auch nicht allweg essen, wenn einen hungert. Und die Unsitte des Gewürzgebrauchs: Pfeffer, Ingwer, Nägelein, Safran, Zimt, Muskatnuß und -blüte und all das Schleckwerk von kandiertem und anderem Zucker, großen und kleinen Rosinen, Mandeln, Oliven und dergleichen. Man kann ja die Speisen mit Salz, Koriander, Kümmel, Majoran, Thymian, Salbei, Meerrettich, Knoblauch, Zwiebeln und solchen Sachen genügend schmackhaft machen, die uns nichts oder wenig kosten, weil wir sie in unserem Garten ziehen können. Statt Kapern nehme man eingemachte Kukumern, rote Rahnen, Rettichsamen, Pfriemenblüt und so weiter. Nur da soll man sein Geld ausgeben, wo es sich vermehrt und reichlich zurückströmt, und deshalb ist es schon sehr richtig, wenn Sie mit Ihrer Erbschaft nicht auf den alten Kaiser hinleben, sondern Rebstöcke kaufen, Wein keltern und verkaufen. So werden Sie, wenn Sie mäßig leben und nicht zuviel für sich selber verbrauchen, auch noch reich werden, bevor Sie am Stocke gehen. Nichts aber ist leichter, als sein Geld zu verprassen, um wieder arm zu werden. Schon vom Speisetisch aus läßt sich das machen. Man lasse sich nur immer die Tauben aus Ägypten, die Krammetsvögel aus Syrakus, die Salmen und Karpfen aus dem Rhein kommen, bodenseeische Lampreten, Stör aus Ferrara, ravennische Pimpernüßlein, numidische Hühner, tarentische Haselnüsse, kalekutische Hähne, spoletanische Morcheln, westfälischen Schinken, niederdeutsche Knackwürste, schwarzwäldischen Ochsen und lombardische Wachteln ... Ich könnte stundenlang fortfahren, mein Herr. Sie sehen, ich kenne mich aus, aber ich habe all den Moden widerstanden und mich redlich und schlicht und bin ein reicher Mann geworden in Friedenszeiten und hoffe nur, das kein Krieg mehr kommt um es mir wieder zu nehmen.‹

›Das glaube, wer will‹, sprach Knörenschild finster. ›Mit Sparsamkeit haben Sie das Ihre bestimmt nicht erworben. Und was Sie gegen den Krieg sagen, ist vollends ein Unsinn. Die meisten Schätze und Reichtümer, ja ganze Königreiche und Fürstentümer sind nur durch den Krieg gewonnen und freilich auch zum Teil wieder verloren worden. Ein Armer, der Reichtümer verlangt, sollte sie nirgens anders als im Kriege suchen, denn mehr als sein Leben hat er nicht zu verlieren. Der König von Frankreich schaut lüstern auf die rheinischen Lande, und es kann sein, daß er bald einen Raubzug ausrüstet. Dann werde ich meine

Güter wieder verkaufen, mich gut equipieren, und nicht mehr als kleiner Soldat, sondern als hochmögender Offizier mir eine Beute sichern, wofür Johann von Werdt ein schönes Beispiel gibt, der es vom armen Bauernsohn zu einem Freiherrn gebracht hat und zuletzt Gemahl eines gräflichen Fräuleins wurde, weil er es verstand, immer mehr, immer größere Beute zu machen. Mit den Kaufherren ist das auch nicht anders. Von löblicher Sparsamkeit reden sie, und dem Betrug verdanken sie ihren Gewinn. Man bringt schlechte Ware mit süßen und betrüglichen Worten an den Mann, und wenn er Leib und Seele dabei verschwört, denn wer sich vor dem Teufel fürchtet, der wird nicht reich. Das Erbteil, das mir zugefallen ist, stammt von einem Kriegsmann, der es durch einen Mord erwarb. Ein ganz friedliches Ende hat es mit ihm genommen in hohem Alter, und niemals hat er bereuen müssen, was er getan hat. Wer auf die Pfaffen hört und die frommen Sprüche, wird es freilich nie zu etwas bringen. Auch die Kirche ist reich und hat es von Mord und Betrug.‹

›Wenn Sie es so gut wissen, mein Herr, dann bedürfen Sie ja meines Rates nicht mehr‹, sagte ich, mich erhebend, zahlte unsere Zeche, wünschte ihm viel Glück und stieg die Ufertreppe hinunter. Als ich mich noch einmal nach ihm umdrehte, war er im Dunkel des Gartens verschwunden. Der Kapitän, den ich nach dem düsteren Mann fragte und was er von ihm gewollt habe, wußte mir kaum etwas zu sagen, oder er wollte es nicht und sprach plötzlich wieder sein Holländisch.

Jetzt wollen wir aber endlich nach Soest kommen und den Rest der Reise auf einen Satz verkürzen. Wir kamen nach Duisburg, wo schon eine Kutsche auf mich wartete, die mich quer über das Land, vorbei an Recklinghausen und Bochum, über Dortmund, Unna und Werl auf dem Hellwege nach Soest brachte. Der Buchhändler Schucan bewohnte ein großes, aber verwinkeltes Haus in der Nähe des Jacobitores. Er begrüßte mich an der Haustür mit großer Freude, ein kleines, etwas schiefes Kerlchen, wohl vierzig Jahre alt, mit krausem blondem Haar und einer Brille, die einen Mittelbügel hatte, der zwischen den beiden metallgefaßten Gläsern angebracht war und ins Haar geschoben wurde. Gewöhnlich trug er sie hochgeschoben, und wenn er lesen wollte, zog er den eigenartigen Bügel ein wenig aus dem Schopf heraus, bis ihm das Lesegerät auf der Nase saß. Nie zuvor hatte ich ein solches Instrument gesehen. Er führte mich ins Haus, das von unten bis oben mit den abenteuerlichsten Dingen angefüllt war. Einen Buchhändler ihn zu nennen, hieße seinen Handel sehr verkleinern. Die Bücher machten wohl nur den geringsten Teil seines Geschäftes aus. Er war ein Mann, der alles verkaufte, was verlangt wurde und schwer zu beschaffen war. Ein Raum war vollgestopft mit kirchlichen Gebrauchsgütern, vorzugsweise Reliquien.

›Sehen Sie‹, erklärte er mir auf dem Rundgang, den ich sofort antreten mußte, ›das ist eine Folge des großen Krieges. Wie viele Kirchen sind da nicht ausgeplündert worden, die Reliquiare entwendet, die Reliquien meistens fortgeworfen. Ein Kruzifix kann man wieder aufrichten, zerbrochene Glasfenster durch neue ersetzen, auch wenn sie nicht so schön sind wie die alten. Aber eine Reliquie kann man nicht wiederherstellen, wenn sie verlorengegangen ist. Man muß eine andere beschaffen. Vor dem Krieg gab es noch keinen leistungsfähigen Reliquienhandel. Angefangen habe ich damit. Und bis heute bin ich der wichtigste Reliquienhändler in Deutschland geblieben. Von überall her bekomme ich Aufträge.‹

›Und wie ist es möglich, überhaupt so etwas aufzutreiben. Das stelle ich mir schwierig vor.‹

›Es ist nicht leicht, das stimmt, aber auch nicht so schwer, wie Sie denken. Seit der Reformation ist ja, wie soll ich sagen, es ist Leben in die Reliquien gekommen. Da trat ein Landesherr zum Protestantismus über, schon wurden alle Kirchen entrümpelt, und die Reliquien verschwanden. Wohin verschwanden sie? In die Kisten und Kästen irgendwelcher Leute, denn um eine Reliquie wegzuschmeißen, waren sie doch alle zu abergläubisch. Wer weiß, wozu man sie mal brauchen konnte. Und dann war andernorts ein Landesherr wieder katholisch geworden, und händeringend wurden Reliquien gesucht. Na, und so wanderten die Dinger von einem Land ins andere und wieder zurück. Aber wie gesagt, richtigen Schwung bekam die Sache nach dem Krieg. Da man meine Firma kennt, bekomme ich nicht nur Anfragen von Käufern, sondern auch Angebote von Verkäufern. Ich brauche mich nicht aus dem Haus zu bewegen. Es flattert mir alles auf den Tisch.‹

›Und wie können Sie sicher sein, dabei nicht betrogen zu werden?‹

›Auf die einfachste Weise der Welt. Da es überhaupt keine echten Reliquien gibt, nie welche gegeben hat, kann es auch keine gefälschten geben. Das einzige, worauf es ankommt, ist eine glaubwürdige Expertise. Dazu braucht man Kenntnisse. Ein Fetzchen Stoff aus der Hose eines Heiligen darf nicht aus einem Orte stammen, wo der Heilige nie in seinem Leben gewesen ist, es sei denn, man erklärt genau den Weg, den es genommen, und nennt Gewährsleute. Die können zwar selber schon längst tot sein, müssen aber die glaubhafte Gelegenheit gehabt haben, mit besagtem Fetzchen in Berührung gekommen zu sein. Historie und Erfindung sind wirkungsvoll zu mischen. Aber das brauche ich Ihnen als Dichter ja nicht zu erklären.‹

Er zeigte mir nun, wie sinnreich seine ganze Sammlung in den Regalen angelegt war. Die Reliquien lagerten dort nach Heiligen geordnet. Das war notwendig, denn so gut wie nie wurde von einer Kirche nur einfach irgendeine Reliquie von irgendeinem Heiligen bestellt, sondern ganz präzise von einem bestimmten und nur von diesem. Es gab natürlich höchst kostspielige Heilige, von denen sich nur sehr reiche Gemeinden etwas leisten konnten, aber auch solche, die dem schmalsten Geldbeutel angepaßt waren. Am teuersten waren Körperteile von Heiligen, Fingernägel, Haare, Zähne, Knochen. Ein besonderer Schatz, schier unbezahlbar, war die in einem Glas mit Alkohol eingelegte Leber des heiligen Thomas von Aquin. Spottbillig dagegen der Griffel irgendeines polnischen Heiligen, dessen Namen ich noch nie gehört hatte und sofort wieder vergaß. Es gab kaum einen Heiligen, von dem Herr Schucan nicht etwas am Lager hatte, wohl registriert und mit hübschen Expertisen versehen.

Er zeigte mir noch manch seltsame Dinge, auch weltliche, für die sich bei wohlhabenden Leuten Abnehmer fanden. Ein mit Brillanten besetzter Anhänger für eine Kette ließ sich an ungeahnter Stelle öffnen, und dann konnte die Dame sich einige

Tropfen Parfum daraus auf den Busen träufeln. Eine Wanduhr wurde dadurch ständig aufgezogen, daß ein Vogel, der in einem unter ihr angebrachten Käfig auf seiner Stange hin und her hüpfte, damit das Federwerk spannte. Auch eine Reisetasche zeigte er mir, die laut zu quäken begann, wenn ein Unbefugter, der ihr Geheimnis nicht kannte, sie zu öffnen versuchte. Handschuhe mit eisernen Krallen an den Fingerspitzen hielt er auch feil, mit denen man einem Gegner ganz scheußlich das Gesicht zerkratzen konnte, und Schuhe, aus deren Sohlen bei einem bestimmten Druck des großen Zehs scharfe Messer fuhren.

Zum Schluß führte er mich auf den Speicher, denn er wollte mir nun zeigen, wo mein Lager sei. Auf dem Speicher? Auf dem Speicher sollte ich schlafen? Das konnte ja heiter werden. Aber dann war ich überwältigt von Erstaunen. Auf dem mehrstöckigen Speicher war ein komplettes Museum untergebracht, ein Waffenlager, eine kriegerische Kleiderkammer. Rüstungen, Fahnen, Pistolen, Gewehre und kleine Geschütze, Kopfbedekkungen aller Art, Helme, Hauben und Hüte. In der Mitte auf dem unteren Boden aber war ein feldherrliches Zelt aufgeschlagen, und Herr Schucan forderte mich auf, hineinzugehen. Mit orientalischen Teppichen war es ausgelegt, ein mit seidener Wäsche bezogenes Bett stand in der Mitte, es gab einen bequemen Ledersessel, ein Schreibtischchen, etliche Lampen, einen Garderobenständer und ein entzückendes französisches Waschtischchen.

›Sie befinden sich, lieber Herr von Grimmelshausen-Sulsfort, im Zelt des Schwedenkönigs Gustav Adolf. Es ist wirklich echt und auf abenteuerliche Weise in meinen Besitz gelangt. Das erzähle ich Ihnen später. Ich dachte mir, es wird Sie freuen, hier zu schlafen. Nicht jedem widerfährt diese Ehre. Es ist das einzige Stück meiner Sammlung, das absolut unverkäuflich ist. Mit allen anderen Dingen ist es wie mit den Reliquien und Kuriositäten. Man kann sie bekommen. Nun werden Sie fragen, wer solche veralteten Waffen und Rüstungen noch haben will. Sie stammen alle aus dem letzten Krieg. Nein, Zeughäuser kann ich damit nicht beliefern. Manches ist, wie Sie sehen, ja auch arg mitgenommen und kaputt. Ob Sie es glauben oder nicht, es wächst ein großes Verlangen, Kriegsgerät zu besitzen aus vergangener Zeit. Die furchtbaren Qualen des langen Krieges geraten allmählich in Vergessenheit. Es geht allen heute besser, als es ihnen dreißig Jahre lang gegangen ist, und man erinnert sich gern mit wohligem Schauder an früher. Man hängt sich alte Trophäen an die Wand, und wenn man selber keine besitzt, dann kauft man sich welche. Einer fängt damit an, und der Nachbar macht es auch. Undsoweiter. Schon ist eine Mode ausgebrochen. Ich könnte dies alles im Handumdrehen verkaufen, aber ich halte zur Zeit etwas zurück, denn die Preise steigen ganz rapide. Sie glauben gar nicht, was sich alles absetzen läßt.‹

Der schiefschultrige Händler zog aus einem Schrank eine dicke Mappe hervor, die allerlei Schriftstücke enthielt, Meldungen, Botschaften, Rapporte und auch private Briefe. Er legte mir ein verschnürtes Bündelchen hin.

›Was glauben sie, was dies für Briefe sind? Öffnen Sie nur und sehen Sie nach.‹

Der erste Brief vom 10. August 1624 war überschrieben mit ›Geliebtes Weib‹. Ich überflog ihn, las etwas von einem ›üblen Fuß‹, kannte die Handschrift nicht und drehte das Papier um, aber die Unterschrift konnte ich nicht entziffern. Auch die anderen Briefe in dem Paketchen begannen mit ›Geliebtes Weib‹, alle vom selben Schreiber.

›Es sind Briefe Wallensteins an seine junge zweite Frau Isabella, die er ein Jahr zuvor geheiratet hatte, Isabella von Harrach. Ein Wallenstein-Verehrer zahlt mir dafür ein hübsches Sümmchen. Ich habe ihm schon zwanzig Briefe verkauft. Nun habe ich diese höchst privaten hier aufgetrieben, die ihn hoch beglücken werden.‹

›Aufgetrieben? Wo treiben Sie so etwas auf?‹

›Besagter Verehrer besaß einen Brief von Isabella an Wallenstein und suchte nun nach wenigstens einem von ihm an sie, aber es ließ sich nichts finden. Das machte ihn nur immer begieriger, und schließlich bot er einen fast unvernünftigen Preis, falls es gelänge, doch noch etwas zu finden. Nun, da fand ich eben dieses Paketchen.‹

›Fanden, fanden, wieso fanden Sie? Wo und wie findet man?‹

›Können Sie es sich nicht denken? – Nun? – Ich habe sie selber geschrieben. Ich verstehe mich auf das Imitieren von Handschriften. Die Expertisen für die Reliquien müssen schließlich auch immer wieder anders aussehen.‹

Er lachte und zitterte vor Vergnügen mit dem Kopf, daß die Haarbügelbrille auf der Stirn hüpfte. Er war schon ein toller Bursche, der Reliquien- und Militariahändler. Inzwischen war unten der Tisch für uns gedeckt worden, nur für uns beide, denn Herr Schucan lebte allein, war unverheiratet. Es gab unter anderem einen vorzüglichen Rehrücken. Den habe ich bis heute nicht vergessen. Es ist bis auf den heutigen Tag eine Unsitte, Rehrücken zu spicken, ehe man sie brät. Sie sind fast immer ungenießbar, denn sie werden zu lange gebraten. Dieser Rücken war ungespickt und hatte nur zwölf Minuten, sage und schreibe zwölf Minuten in der Pfanne verbracht und war von einer göttlichen Zartheit. Herr Schucan erwähnte, daß er zuweilen auch in der Küche experimentiere und seine Köchin selber angelernt habe. Er hatte nur weibliches Personal, so schien es wenigstens, eine große Zahl von ausgesprochen hübschen Dienerinnen. Drei allein legten uns während der Mahlzeit die Speisen vor und schenkten uns ein. Besonders eine nußbraune Kleine, deren Kleid etwas Einblick gewährte auf zartestes Polsterwerk, konnte ich kaum aus den Augen lassen. Ich war traurig, als das Mahl beendet war und sie mit den anderen den Raum verlassen hatte.

Nun wollte ich von ihm wissen, wann und wo ich denn den hochherzigen Gönner meiner Reise, den ohne Zweifel höchst trefflichen Herrn van Veen sehen würde und war recht betrübt, als ich erfahren mußte, daß ich ihn nicht zu Gesicht bekommen würde, weil er verreist sei, mir aber die herzlichsten Grüße übermitteln lasse. Mein Auftreten hier in Soest werde übrigens in drei Tagen stattfinden. Die Gäste seien schon geladen und alle in freudiger Erwartung. Es dunkelte, ich war müde von der Reise und vom reichlichen Essen und wollte mich gern schlafen legen. Mein Gastgeber leuchtete mir hinauf auf den Speicher bis vor das Zelt des toten Königs, aus dessen Innern bereits ein matter Lichtschein drang. Offenbar hatte man schon Vorsorge für mich getroffen. Er wünschte mir eine gute Nacht, und ich trat ins Innere.

Allerlei Erquickung für die Nacht war aufgetragen worden: ein Teller mit Früchten stand neben dem Bett, eine Karaffe mit dunklem Wein, einiges Gebäck und Zuckerwerk. Ein französisches Parfum mußte kurz zuvor versprüht worden sein, denn es hing schwer und süß in der Luft. Ich zog mich aus und schlug die Decke zurück und bekam einen gewaltigen Schreck. Ahnen Sie es bereits, Herr Ellinghaus? – Da lag das nußbraune Mädchen und war gänzlich nackt. Nur um den Hals hatte es ein goldenes Kettchen, an dem ein versiegeltes Briefchen hing, das an Herrn Schleiffheim von Sulsfort adressiert war. Ich löste es vorsichtig ab. Das Mädchen hielt die Augen geschlossen, als ob es schlafe. Ich erbrach das Siegel. ›Hochverehrter Herr Schleiffheim von Sulsfort‹, las ich, ›es ist uns höchst willkommen, daß Sie in unserem Zelt Ihre Nachtruhe halten wollen. Bedienen Sie sich getrost aller Bequemlichkeiten, die Sie antreffen. Es wünscht Ihnen einen in jederlei Sinne angenehmen Schlaf – Ihr gnädiger König Gustav II. Adolf.‹ Eine hübsche Fälschung aus der Hand des Reliquienmachers. Ich legte mich in den Schatten ihrer Locken und entschlummerte durchaus nicht sogleich, denn wie man eine solch hübsche Nachspeise zu genießen hatte, wußte ich ja noch sehr wohl.

Apropos. – Ein Dessert sollte ich wirklich noch nehmen. Mir schwebt da Fong Mi Siang Tsiao vor, Honigbananen. Wollen Sie nicht auch? Sie sitzen schon die ganze Zeit völlig untätig da, einzig mit Ihrer Pfeife beschäftigt. Nein? Sie wollen nicht? Schade, daß ich Ihnen nichts Gutes tun kann. Dann werde ich fortfahren.

Am nächsten Morgen war das Mädchen verschwunden, hatte sich wohl leise davongemacht. Erst am Frühstückstisch traf ich sie wieder, an dem Schucan bereits auf mich wartete. Ich bedankte mich für das Betthupferl, und er fragte, ob ich zufrieden gewesen sei. Auch jede andere seiner Dienerinnen stehe mir zur Verfügung, wenn ich nach ihnen Verlangen hätte und gern einmal wechseln wolle. Mein Gott, dachte ich, wohin bin ich geraten? Was für seltsame Sitten sind mir das. Ob man in Soest wohl ein verruchteres Leben führte, als im vielbeschrieenen Paris? Ich hatte nun Lust, mich in der Stadt ein wenig umzusehen. Da werde er mich begleiten, sagte der Händler, und wir machten zusammen einen Gang, mit dessen Einzelheiten ich Sie verschonen möchte. Einerseits verrinnt uns die kostbare Zeit und andererseits ...«

»Wie es damals in Soest ausgesehen hat, wüßte ich aber doch sehr gerne«, sagte der Buchhändler.

»... und andererseits paßt eine breite, aufhaltende Schilderung an dieser Stelle nicht mehr in meine Erzählung, und ich bin von früher her, das werden Sie merken, doch zu sehr Schriftsteller geblieben, um gewisse Regeln und Formen ... Kurzum, ich darf mich jetzt nicht mit Nebensächlichkeiten aufhalten. – Es fiel mir auf, daß Schucan mich nie mir selbst überließ. Stets leistete er mir Gesellschaft. Seine Geschäfte mußten es wohl erlauben, daß er sie vernachlässigte. Er hatte jedenfalls Zeit und unterhielt mich mit Kuriositäten und seltenen Büchern, die er besaß. Im übrigen unterhielten mich die Dienerinnen, besonders das nußbraune Mädchen, aber auch zwei andere versuchte ich und war überrascht, wie unglaublich gut sie alle in der Liebe waren. Aber allein einen Fuß vor die Tür zu setzen, war mir nicht vergönnt. Ich versuchte es mehrfach während der folgenden drei Tage, aber jedesmal holte mich mein Gastgeber ein und begleitete mich. Daß ich lieber auch einmal allein war, mochte ich ihm nicht sagen, denn er war übereifrig, mir den Aufenthalt so angenehm zu machen wie nur möglich.

Dann kam der Abend meines Vorlesens. Recht spät, gegen zehn Uhr etwa, sollte es vonstatten gehen und zwar in einem Hause, das außerhalb der Mauern gelegen sei und sich zu diesem Zweck vorzüglich eigne. Man werde die ganze Nacht dort verbringen und erst am Morgen zurückkehren. Ein Zimmer sei auch dort bereit für mich, aber gewiß. Bevor die Stadttore geschlossen wurden, rollten wir in einem offenen Wägelchen hinaus und kamen nach etwa einer halben Stunde an ein verstecktes Gebäude, das wir durch eine Hintertür betraten, um über eine Treppe sofort in den ersten Stock hinaufzusteigen, wo wie in einem Gasthof ein Zimmer neben dem anderen lag. Meines war schlicht möbliert, aber das Bett vorzüglich. Schucan blieb bei mir,und wir unterhielten uns bei einer Flasche Wein, die mit zwei Gläsern wie bestellt auf dem Tische stand. Ich wollte wissen, was dies für ein eigenartiges Haus sei und wem es gehöre. Etwa ihm, Schucan? Ihm auch, aber nicht allein. Es sei das gemeinsame Eigentum einiger wohlhabender Soester Bürger, die es eigentlich nur deshalb hätten, um hier ihre Feste etwas ungestörter feiern zu können. Man will schließlich nicht immer von seinen Nachbarn belauscht werden, und wenn es mal hoch hergeht, dann sind sofort die Schläfer gestört. So habe man sich diese Lokalität vor ein paar Jahren ausgebaut, und jeder der Besitzer könne hier seine Gäste bewirten und sie saufen lassen bis zum Umfallen, und keiner brauche mehr durch nächtliche Straßen zu torkeln und zum Gespött zu werden. Viel Zufriedenheit herrsche seitdem. Übrigens sei es seine Idee gewesen, sich dies Refugium zu schaffen. Ja, auch Herr van Veen sei mit von der Partie, wenn auch heute, leider, leider nicht anwesend.

Ohne Zweifel waren schon Gäste eingetroffen. Man hörte Gläserklingen von unten und munteres Gespräch, aber Herr Schucan zeigte nicht die Absicht, mit mir oder wenigstens allein hinunterzusteigen. Wir würden, sagte er schließlich auf meine Frage, gemeinsam gehen, aber erst dann, wenn es auch losgehe, das tue eine bessere Wirkung. Die Spannung auf das Erscheinen des Jägers von Soest werde um so mehr angeheizt, je länger man auf ihn warten müsse. Er hatte ein Exemplar des *Simplicissimus* mitgenommen und darin die Abschnitte bezeichnet, die ich lesen solle. Anfangen müsse ich mit dem 31. Kapitel des zweiten Buches, das vom Speckdiebstahl handelt und sich gut zum Einstieg eigne. Dann solle ich fortfahren mit dem 12. und 13. Kapitel des dritten Buches, der Schatzgeschichte, um dann noch aus dem vierten Buch das Venusberg-Kapitel zu lesen als munteren Abschluß.

Schließlich gingen wir nach unten. Das Gewirr der Stimmen war größer geworden. Alle Gäste waren nun eingetroffen. Ein Tablett mit gefüllten Weingläsern wurde von einer Dienerin vor uns her in den Raum getragen, wo sich alle befanden, und beim Eintreten erkannte ich, daß es das nußbraune Mädchen war, das sie auftrug. Es war ein kleiner Saal mit niedriger Decke, in den wir kamen, in dessen Mitte, um einen großen Tisch herum, etwa zwanzig fröhliche Männer saßen, ältere und jüngere, denen ein Schwarm von Mädchen – es waren alle dabei, die ich von Schucans Geschäftshaus her kannte, aber auch noch andere – Wein und kalte Speisen reichte, westfälischen Schinken, allerlei Würste, Klumpen von Butter, Pumpernickel und allerlei Backwerk. Mit großem Hallo wurden wir begrüßt und nahmen am Kopf der Tafel Platz.

›Wir begrüßen den Jäger von Soest, den weitgerühmten Verfasser des *Simplicissimus Teutsch*, der eine lange Reise gemacht hat, um uns die schönsten Stellen seines Buches selbst vorzulesen. Wir freuen uns und bitten ihn anzufangen.‹ So etwa sprach Schucan, vielleicht etwas blumiger und ausführlicher, etwas rühmender und schmeichelnder. Dann begann ich. Ich las die hübsche Geschichte, wie Simplicissimus als Jäger von Soest mit einem Fouragetrupp einem Bauern den Ofen mit den Pumpernickeln leert und einem Pfaffen die Speckseiten aus dem Kamin holt, bei diesem nächtlichen Unternehmen festsitzt und in der Falle steckt und sich dadurch rettet, daß er den Teufel spielt, den der Pfarrer zu bannen trachtet, wobei es dem Burschen gelingt, zu entweichen. Weil am Ende der redliche Pfarrer von Simplicissimus durch die Übersendung eines kostbaren Beuteringes für den Verlust der Schinken, Würste und Speckseiten entschädigt wird, ist das eine schöne, versöhnliche Geschichte. Etwas Ähnliches war meinem Herzbruder einmal zugestoßen, aber ich hatte es bei der Niederschrift noch gehörig erweitert und verschönt. Es gab viel Gelächter bei den fröhlichen Männern, und weil man alles, wovon man hörte, zugleich auch essen konnte, herrschte eine genußvolle Stimmung. Nach einer kleinen Pause, während derer nun auch ich mich stärkte und von den deftigen Dingen aß, wobei ich diese und jene Schnurre aus den Erlebnissen des Jägers frei erfindend und kombinierend zum Besten gab, las ich die Geschichte von der Schatzfindung. Es ist die Begebenheit, von der ich schon sprach, die Spukgeschichte, die der unheimliche Lindorf mir vorgesponnen hatte, als ich ihm bei der Musterung seines Goldschatzes zugesehen hatte. Sie ist nicht lustig, das kann man nicht sagen, auch wenn dem Simplex darin ein so schönes Glück widerfährt, denn daß es nur von kurzer Dauer ist, erfährt der Leser ja erst später, als der Kölner Kaufmann, zu dem er alles gebracht hat, um es sicher aufzuheben, alles veruntreut und ausreißt. Meine Zuhörer raunten sich während meiner Lesung allerlei zu, es entstand eine gewisse Unruhe, die ich mir nicht zu erklären wußte. Ich blickte nicht auf und las tapfer bis ans Ende. Da wollte mich sogleich einer der Gäste etwas fragen, aber Schucan ließ es nicht zu und meinte, ich solle erst das Pariser Venuskapitel lesen. Es handelt von einem erotischen Abenteuer, das der Romanheld in Paris erlebt, wo er als schöner Jüngling den Orpheus gespielt und gesungen hat und durch dieses Komödienspiel adligen Damen angenehm aufgefallen ist. Eines Abends wird er in ein verstecktes Gartenlusthaus entführt, wo ihn im Dunkel der Bettvorhänge eine schöne Dame zärtlich erwartet. Ohne sie sehen zu dürfen, verbringt er die angenehmste Nacht mit ihr und schläft an mehreren aufeinanderfolgenden Nächten mit noch anderen verlarvten, liebeshungrigen Mondänen. Hübsch frech ist das geschrieben und fand viel Beifall bei den Zuhörern, unter die sich nun auch die Mädchen gemischt hatten, so daß fast jeder Herr eine Schöne auf dem Schoße sitzen hatte. Es wurde mitagiert, was ich vorlas, und nach und nach wurden die Mädchen aus ihren Kleidern geschält. Immer wenn ich wieder aufschaute, sah ich weitere nackte Brüste und Beine. Ich mußte mich ganz schön zusammennehmen, um meine Zeilen nicht zu verlieren, und wohl drei oder viermal versprach ich mich beim Lesen. Als ich sah, wie allenthalben die Geschlechtslust um sich griff, veränderte und erweiterte ich den Text, schaute schließlich gar nicht mehr ins Buch, sondern ließ mich von dem, was ich sah, zu allerlei Variationen anregen, die ich unmöglich in einem Buch hätte unterbringen können.

Als ich schließlich endete, klatschten die Herren mir Beifall auf den Hinterbacken der Mägde, und alsbald strebten sie alle hinaus und mit den Weibern die Treppe hinan, denn hübsch angeschwollen wie sie waren, wollte jeder sein Sach im Kämmerlein zum Abschluß bringen.

›Treten Sie einen Augenblick vor die Tür in den Garten hinaus‹, sagte Herr Schucan zu mir. ›Die Luft ist mild. Sie werden sich erquicken. Hernach trinken wir noch eins und gehen dann zur Ruhe. Leider habe ich heute kein Mädchen für Sie. Alle haben schon einen Liebhaber gefunden.‹

Ich sagte ihm, daß ich reichlich von ihm verwöhnt worden sei und mich heute einmal schonen wolle, und ging hinaus. Es war das erste Mal seit meiner Ankunft in Soest, daß ich allein war. Ich ging ein paar Schritte in den dunklen Garten hinaus. Aus den Fenstern der oberen Etage hörte man allerlei Jauchzerei. Ich war etwas erschöpft von der ungewohnten Leseleistung, aber sehr glücklich über den Erfolg, den ich gehabt hatte.«

»Eine nette Geschichte«, sagte der Buchhändler. »Wirklich, eine sehr hübsche Geschichte. Auf den Bericht von Ihrer Heimreise muß ich nun aber für heute verzichten. Wenn Sie mich in Soest besuchen ...«

»Aber ich bitte Sie, Herr Ellinghaus! Sie wollen mich doch jetzt nicht unterbrechen. Die Soester Ereignisse sind noch keineswegs zu Ende. Lassen Sie mich nur noch ein paar Sätze weiterreden, und Sie werden es mir sehr übelnehmen, wenn ich meinen Bericht vertage.

Ich stand also im Garten und atmete die kühle Nachtluft. Ich dachte über dieses sonderbare Haus und seine lustigen Gäste nach. Offenbar versorgte der rührige Händler die wohlhabenden Soester Handelsleute auch mit amüsanten Mädchen. Was aber, fragte ich mich, hatte ich eigentlich dabei zu tun gehabt? Für diesen Jux war ich nun hierhergereist. Um mich hatte sich keiner mehr gekümmert. Auf und ins Bett mit den Mädchen. Immerhin: die leibhaftige Anwesenheit des Jägers von Soest ...

Plötzlich bekam ich einen starken Schlag auf den Hinterkopf. Ich taumelte herum und sah vor mir einen hünenhaften Burschen mit rundem Speckgesicht. Er hatte ein Messer in der Hand und holte aus, um damit zuzustoßen. Trotz meiner Benommenheit jedoch kam ich ihm zuvor und trat ihm blitzschnell und mit solcher Kraft in den Bauch, daß er rückwärts torkelte und ins Gesträuch fiel. Gleich darauf hastete Schucan heran und blieb entsetzt stehen.

›Was ist geschehen?‹

›Dieser Bursche hat mich angefallen. Kennen Sie ihn?«

›Nein. Überhaupt nicht.‹

Der Kerl versuchte, sich wieder aufzurappeln. Sein Messer hatte er bei dem Sturz verloren. Ich ergriff es und hielt es ihm unters Kinn.

›Schaffen wir ihn ins Haus‹, sagte Schucan, ›damit er uns nicht entwischt.‹ Gemeinsam zogen wir den Widerstrebenden mit uns fort. Es gelang ihm nicht, sich zu befreien. Offenbar war er doch von meinem Tritt etwas lädiert, denn bei seiner Körperstärke wäre es ihm sonst leicht gewesen, uns abzuschütteln. Drinnen rief der Händler zwei Hausknechte herbei, die Stricke holen mußten, um den Kerl an einen Stuhl zu fesseln.

›Was wolltest du, Halunke?‹ fuhr Schucan ihn theatralisch an. ›Du wolltest den Herrn von Sulsfort ermorden. Warum? Wieso? Wolltest du ihn berauben?‹

Der Kerl schüttelte den Kopf.

›Also einfach ermorden. Und warum? Was hat er dir getan, du Bestie?‹

›Nichts.‹

›Aha. Ach so. Du handelst in fremdem Auftrag. Dann nenn mal schnell den Namen!‹

Der Bursche schwieg verbissen.

›Wir werden das Zünglein schon locker machen‹, drohte der Waffensammler, schlug Feuer und entzündete eine Kerze, mit der er nah an den Schurken herantrat und dann das brennende Licht ihm unter die Nasenlöcher hielt, daß die Haare darin aufzischten. Er schrie. Schmerzen konnte er offenbar nicht sehr gut vertragen, denn nun war er sofort bereit, seinen Auftraggeber preiszugeben.

›Pohlmann‹, ächzte er.

›Dann weiß ich genug. Schafft ihn in den Keller. Wir werden ihn morgen dem Gericht übergeben.‹

Die beiden Hausknechte faßten den Kerl mitsamt dem Stuhl und trugen ihn die Kellertreppe hinab.

›Ich bin zutiefst bestürzt, Herr von Sulsfort. Ein ungeheuerlicher Zwischenfall. Die Tat eines Wahnsinnigen. Wie gut, daß nichts passiert ist.‹

›Wer ist denn dieser Pohlmann?‹ wollte ich wissen.

›Ein rätselhafter, höchst unglückseliger Mann. Er hat schon

manches Unheil hier angerichtet, und das Schlimmste ist, daß man es ihm nie beweisen konnte. Nun haben wir dank Ihrer Unerschrockenheit seinen Mordknecht eingefangen, und morgen wird es ein Leichtes sein, ihn zu überführen.‹

›Was mag er denn ausgerechnet gegen mich haben?‹

›Man weiß nie, was er gegen jemanden hat. Es kommt immer völlig überraschend. Er ist vor allem der Erzfeind des Herrn ... Aber lassen wir das. Nein, wir lassen das. Sie sollen damit nicht belastet werden. Es ist gut abgegangen. Sie werden ruhen. Sie sind in Sicherheit. Der Kerl ist unschädlich und gefesselt und obendrein im Keller eingesperrt, aus dem er auch so nicht entkommen könnte. Legen Sie sich ins Bett und nehmen Sie sich eine Flasche Wein zur Beruhigung mit.‹

Aus ihm war nicht mehr herauszubekommen. So ging ich auf das Zimmer, setzte mich aufs Bett und dachte über das eigenartige Vorkommnis nach. Die lustigen Männer hatten wohl nichts von dem allem mitgekriegt, und auch der Schrei des Halunken war sicher nicht weiter aufgefallen, da immer mal wieder ein Schrei oder Quietscher durch das Haus hallte. Allmählich wurde es ruhiger. Die Betten schwiegen, aber ich wagte es nicht, mich hinzulegen. Ich wollte nicht einschlafen, denn ich war mir durchaus nicht so sicher wie Herr Schucan, daß in dieser Nacht für mich nichts mehr zu befürchten sei. Woher wollte er wissen, daß nur *ein* Mörder unterwegs gewesen war? Konnte sich nicht ein zweiter bereithalten für den Fall, daß dem ersten sein Überfall nicht gelang? Wer wollte das wissen? So blieb ich die ganze Nacht wach und grübelte vergeblich über den Sinn dieses Überfalls. Gelegentlich stand ich auf und trat ans Fenster. Draußen war nichts zu sehen. Es war eine klare Frühherbstnacht. Es war totenstill im Haus. Nur ab und zu knackte mal ein Dielenbrett, und ich öffnete meine Tür einen vorsichtigen Spalt. Aber niemand war zu sehen. Gegen Morgen hörte ich einiges Rumoren, aber das mochten wohl die Dienerinnen sein, die das Frühstück bereiteten. Und dann kam jemand die Treppe herauf und klopfte an meine Tür.

›Wer da?‹ rief ich.

›Ich bin's. Schucan.‹

Er trat bei mir ein und erklärte mir, daß wir auf der Stelle in die Stadt zurückfahren müßten. ›Der Kerl hat sich befreit und ist entkommen. Es ist nicht zu fassen, wie das geschehen konnte. Er ist davon und frei. Sie sind hier nicht mehr sicher. In meinem Haus sind Sie außer Gefahr.‹

Mir kam das höchst seltsam vor. Keiner der anderen Gäste war auf. Von den Mädchen war ebenfalls noch nichts zu sehen. Schucan hatte bereits angespannt, und in eiligem Trab fuhren wir dem Jacobitor zu. Meine Versuche, aus ihm während der Fahrt etwas herauszubekommen, scheiterten ebenso wie gestern abend. Er wollte nicht über den geheinmnisvollen Herrn Pohlmann sprechen, er wollte auch nicht, daß Gäste etwas erfuhren. Der schöne Abend sei sonst völlig verdorben. Was mich betreffe, so solle ich am nächsten Tage oder besser sogar noch heute die Heimreise antreten. Und eine zusätzliche Entschädigung für den ausgestandenen Schrecken werde er mir ausbezahlen, zuzüglich zum vereinbarten Honorar, das er auch bereits für mich in Verwahrung habe.

›Ich muß diesen Vorfall geklärt haben, bevor ich abreise. Pohlmann ist doch wohl ein Soester Bürger. Wenn er den Auftrag gibt, mich zu ermorden, muß er einen Grund haben. Ich kenne diesen Mann nicht, habe ihm nie etwas getan. Es könnte sich nur um einen Irrtum, um eine Verwechslung handeln. Ich werde zu ihm gehen und ihn zur Rede stellen.‹

›Das sollten Sie bleiben lassen. Mit dem Mann ist nicht zu spaßen. Es wagt sich schon seit Jahren kaum je einer zu ihm hinein. Ein Menschenfeind, ein Kranker. Es ist wirklich sinnlos, daß Sie dort vorsprechen. Es wird alles nur noch schlimmer werden.‹

›Trotzdem werde ich es tun. Sie werden mir den Weg beschreiben, und ich werde gehen. Ich werde allein gehen. Sie brauchen mich nicht zu begleiten.‹

›Das würde ich auch um nichts in der Welt tun. Machen Sie, was Sie wollen. Ich habe Sie gewarnt. Sie kennen den Mann nicht. Ich stehe nicht ein für die Folgen.‹

Ich ließ mich nicht beirren und mir den Weg von ihm beschreiben. Am späteren Vormittag, zu einer schicklichen Zeit, so etwa gegen zehn Uhr, machte ich mich auf den Weg, und Herr Schucan verabschiedete sich von mir mit einer Miene, als ob er mich nicht wiedersehen würde. Ich folgte der Beschreibung und kam in eine sehr ärmliche Gegend. Kleine, gedrückte Häuser, enge Gassen, schmutzige Kinder, die sich an mich hängten, mir nachfolgten, sich laute Bemerkungen über mich zuriefen, die ich nicht verstand. Als ich in das schmale, an die Stadtmauer geduckte Haus eintrat, das der Beschreibung entsprach, blieben sie erwartungsvoll und einander anstoßend vor der Tür stehen. Ich trat in einen Hausflur. Nach links und rechts ging es in zwei kleine, kaum möblierte, aber reinliche Kammern. Die Türen standen offen. Ich schaute in jede hinein, aber niemand war darin. Im hinteren Teil des Flures war es recht düster. Ich tastete mich vorwärts und suchte nach einer weiteren Tür oder der Treppe, die in das obere Stockwerk führte. Plötzlich öffnete sich hinter mir eine Tür.

›Wer sind Sie? Was wollen Sie?‹

Ich erkannte undeutlich ein altes, dünnes Männlein mit langen grauen Haaren.

›German Schleiffheim von Sulsfort. – Habe ich die Ehre mit Herrn Pohlmann?‹

›Das ist keine Ehre. Was wollen Sie? Was dringen Sie hier ein?‹

›Sie haben gestern nacht versucht, mich ermorden zu lassen. Ich wollte nur denjenigen einmal kennenlernen, der mich aus der Welt haben will.‹

›Ermorden lassen? Was für ein Unsinn! Wer hat sich das ausgedacht?‹

›Ich will Ihnen gern erzählen, was sich gestern zugetragen hat.‹

›Bitte‹, sagte der Alte und hüstelte. ›Treten Sie ein‹, und er ging mir voran in einen der kleinen Räume und wies auf den einen von zwei hölzernen Stühlen, die an einem Tischchen standen. Ich erzählte ihm vom gestrigen Abend, von meiner Lesung, vom Überfall im Garten, vom Geständnis des Burschen, von dessen überraschender Flucht aus dem Keller.

›Das ist nicht zu glauben, mein Herr.‹ Das faltige Männlein sah mich aus erschrockenen Augen an. ›Das ist eine infame Verleumdung. Und ich kann mir auch denken, wer der Urheber ist. Ich habe Sie nicht ermorden wollen. Nein, ich war es nicht. Glauben Sie es, oder glauben Sie es nicht. Mehr kann ich dazu nicht sagen.‹

›Wer aber könnte einen Grund haben, mich ermorden zu lassen und den Verdacht auf Sie zu schieben, der Anstifter zu sein?‹

›Das ist eine sehr dunkle Geschichte, mein Herr, und ich glaube nicht, daß es gut sein wird, wenn ich Ihnen davon erzähle. Sie sind ein Fremder und reisen wieder fort. Sie sollten sich nicht hineinmengen lassen in Unerfreulichkeiten.‹

›Aber ich bin doch schon mitten darin. Ich bin angegriffen worden. Nicht viel hätte gefehlt, und ich stünde hier nicht mehr lebend. Ich will nicht abreisen, ohne zu wissen, warum mir hier der Tod gedroht hat.‹

›Er hat Ihnen nicht gedroht. Es sieht nur so aus. Es sollte nur so aussehen.‹

›Sie machen mich mit Ihren Rätselsätzen nur begieriger, alles zu erfahren. Sie wissen etwas. Sie müssen es mir erzählen.‹

›Es geht nicht um Sie, mein Herr. Es geht ganz und gar nicht um Sie, auch wenn Sie das glauben müssen. Ich bin es, der in Gefahr ist, in äußerster Gefahr. Als Sie mir von dem Anschlag im Garten berichteten, wußte ich es genau, daß man mich nun erledigen will. Ich ahnte es schon früher, schon als von Ihnen die Rede war, von Ihrem Buch, von der Einladung, davon, daß Sie kommen und einigen Leuten vorlesen würden. Aber nun weiß ich es mit Sicherheit. Sie sind hineingezogen worden in eine Sache, mit der Sie gar nichts zu tun haben. Gehen Sie fort! Gehen Sie so schnell fort wie Sie können! Sonst sind auch Sie verloren.‹ Er schwieg einige Augenblicke, dann sagte er leise: ›Aber vielleicht sind Sie es bereits.‹

Daß ich nicht fortging, sondern weiterbohrte, ist wohl verständlich. Diesen mysteriösen Andeutungen mußte ich auf den Grund kommen. Wenn es stimmte, daß ich in eine Falle gegangen war und hier umkommen sollte, dann wollte ich wenigstens wissen, in was für einem Spiel ich eine Figur gewesen war. So setzte ich dem Alten, der den Mund nicht auftun wollte, noch eine gute Weile zu, und schließlich fand er sich bereit, mir seine Geschichte zu erzählen.

Bis zum Winter 1636/37, als Graf Götz mit seinen Dragonern, zu deren Troß ja auch ich gehört hatte, in der Stadt einquartiert waren, gehörte Daniel Tobias Pohlmann zu den reichsten Bürgern von Soest. Auch ihm war natürlich viel abhanden gekommen. Auch sein Haus war bei der Belagerung durch die Armada im September mit vielen anderen restlos ausgebrannt. Er war bei Freunden untergekrochen, hatte aber sein Kapital in Sicherheit bringen können. Er hatte, in Voraussicht dessen, was kommen würde, das Familienvermögen in einem schon früher gebrandschatzten und seither verlassenen Gehöft in der Soester Börde versteckt. Hier wird, sagte er sich, niemand suchen. Nach einem Schatz sieht diese Klitsche nicht aus. Außerdem hatte er ein absolut sicheres Versteck geschaffen im Keller und dies auch noch vermauert und verputzt. Nur einen einzigen Mitwisser gab es: seine Tochter Elisabeth, die ihm dabei geholfen hatte. Diese Tochter war in besagtem Winter nicht in Soest, sondern im unfernen sauerländischen Arnsberg bei einem Schwager untergebracht, um vor dem Kriegsvolk in Sicherheit zu sein. Etwas überrascht war Pohlmann schon, als ihm eines Tages ein Pferdebursche einen schönen Gruß von der Elisabeth ausrichtete, aber dann stellte sich heraus, daß der Troßknecht zuvor zum Gesinde des Schwagers gehört hatte und von da fortgegangen war, um bei den Soldaten sein Glück zu machen, wie es damals viele taten, die auf Abenteuer begierig waren. In der folgenden Zeit sah er den Burschen wohl hier und da einmal in der Stadt, hatte aber sonst nie etwas mit ihm zu tun. Es kam ihm auch zu Ohren, daß er eines Tages nicht mehr zum Dienst erschienen und spurlos verschwunden sei, aber wen wunderte das bei der allgemeinen Unruhe und Disziplinlosigkeit, die in dem Dragonerhaufen herrschte. Kurz danach zog Graf Götz mit seinen Leuten ab, und Pohlmann reiste nach Arnsberg, um seine Elisabeth zurückzuholen, da es ihm gelungen war, wieder eine bescheidene Unterkunft aufzutun. Er kam an, und seine Tochter war nicht mehr da. Dem Schwager war es ungeheuer peinlich, berichten zu müssen, daß Elisabeth seit einiger Zeit verschwunden sei. Man habe nur einen Brief gefunden, der aber nicht von ihrer Hand gewesen sei. ›Keine Sorge, Elisabeth kehrt zurück‹ habe darin gestanden, und so habe man denn gewartet, dem Vater nichts mitgeteilt, um ihn nicht zu beunruhigen. Aber nun waren schon Wochen vergangen, und das Kind war nicht zurückgekehrt. Pohlmann dachte sofort an den Pferdeburschen, der ihm Grüße ausgerichtet hatte und argwöhnte, es habe eine Beziehung zwischen den beiden bestanden und beide seien gemeinsam ausgerissen. Er reiste zurück und suchte das Versteck seines Schatzes auf, das er ausgeplündert fand. Nun war ihm alles klar. Das dumme Ding hatte sich verführen lassen und war mit dem Abenteurer und dem Familienbesitz geflüchtet.

›Wie hieß denn der Kerl?‹ wollte ich wissen.

›Lindorf‹, sagte der Alte, und mein nächtliches Erlebnis stand mir wieder vor Augen. Ich sagte jedoch noch nichts.

Das aber war nun noch nicht alles. Einige Tage später wurde die Leiche eines Mädchens in einem Gebüsch unweit des verfallenen Schatzverstecks gefunden, und Herr Pohlmann mußte in der Toten seine Tochter erkennen. Lindorf, das stand nun außer Frage, hatte das Mädchen, das ihm den Weg zum Versteck gewiesen haben mußte, sofort umgebracht und die Leiche im Gesträuch verborgen. Lindorf war der Räuber und zugleich der Mörder. Nachforschungen in Arnsberg brachten nichts zutage. Nach seinem damaligen Aufbruch zu den Dragonern war Lindorf dort nicht mehr gesehen worden. Nichts war bekannt über Zusammenkünfte zwischen ihm und Elisabeth. Es blieb offen, ob er sie mit Gewalt entführt und unter Drohungen gezwungen hatte, das Versteck zu verraten, oder ob ein Verhältnis zwischen den beiden bestanden hatte.

Pohlmann war tief betrübt und gebrochen. Er fand nach dem Kriege nicht mehr die Kraft, sein Geschäft wieder aufzubauen und neu anzufangen, wie es andere taten, die auch alles verloren hatten und es dann wieder zu Reichtum brachten. Er hatte sich verkrochen und vergrübelt, bis zu dem Tage, an dem Mijnheer van Veen in der Stadt einzog und eine Filiale seiner Amsterdamer Firma gründete. In diesem Herrn nämlich glaubte Pohlmann den einstigen Pferdeburschen Lindorf wiederzuerkennen.

›Die Augen. Diese Augen. Diese stechenden Augen‹, sagte er. ›Nein, das war er, das war er ganz gewiß. Ich ließ mich nicht täuschen, auch wenn man mich auslachte.‹

Man kann sich denken, daß von diesem Augenblick an Pohlmanns ganzes Leben nur dem einzigen Gedanken der Rache gewidmet war. Er stellte den Kaufherrn zur Rede, der alles abstritt, nie in Soest gewesen sein wollte, den Alten für einen Querkopf hielt, für einen Spinner, dem sein Unglück den Verstand geraubt hatte. Pohlmann blieb bei seinem Vorwurf, forderte ein Gerichtsverfahren, das nicht zustande kam, weil jeglicher Beweis fehlte und niemand in van Veen den Mörder Lindorf erkennen wollte. Wer hatte auch schon den Lindorf gekannt? Wer erinnerte sich an ihn? Nein, es war aussichtslos. Pohlmann, längst ein menschenverachtender Sonderling, gab nicht auf. Er schickte van Veen Drohbriefe ins Haus, lauerte ihm auf und beschimpfte ihn vor allen Leuten, wenn er auf die Straße trat: ›Mörder von Soest! Da kommt der Mörder von Soest!‹ Van Veen ignorierte ihn, auch wenn diese Attacken ohne Zweifel sehr lästig waren. Er versuchte ein paarmal, ihn ins Narrenhaus bringen zu lassen, aber einige einflußreiche Bürger, die den Holländer aus anderen Gründen nicht leiden konnten und denen es nur recht war, wenn er etwas geärgert wurde, widersetzten sich, und so blieb der Zustand bestehen. Vor drei Jahren, 1668, als der *Simplicissimus* erschien, wurde plötzlich, verbreitet durch den Buchhändler Schucan, der das Buch gelesen hatte, ein neues Gerede in Umlauf gesetzt: der Verfasser des Buches, ein German Schleiffheim von Sulsfort, habe sich in einem Roman dazu bekannt, der Jäger von Soest zu sein und frech erzählt, wie er Pohlmanns Schatz gefunden und weggeschafft habe. Von einem Mord sei keine Rede. Entweder habe keiner stattgefunden und das Mädchen sei einem anderen zum Opfer gefallen, oder der Verfasser habe diesen heiklen Punkt in seinen Erinnerungen verschwiegen.

›Glauben Sie‹, rief ich eregt, ›glauben Sie, man hat mich nur deshalb eingeladen, um mich als den Mörder von Soest zu entlarven? Waren die denn so töricht, zu glauben, ich käme und läse auch noch selber die Geschichte vor, wenn ich der Mörder wirklich gewesen wäre?‹

›Nein, das glaube ich nicht. Es geht nicht um Sie, das habe ich schon einmal gesagt. Auch ich, obwohl ich mittlerweile kaum noch einen einzigen Menschen achte, auch ich glaube nicht, daß Sie der Mörder sind. Ich habe Ihr Buch gelesen. Eines Morgens fand ich es vor meiner Tür. Die fraglichen Stellen waren dick angestrichen. Sie sind ein harmloser Dichter, der sich Historien zusammenfabuliert und dazu nimmt, was ihm in die Hände kommt. Auch das Jägerken sind sehr wahrscheinlich nicht Sie gewesen. Aber sie haben geglaubt, daß ich darauf reinfallen würde. In meinem wilden Haß mußte ich mich sofort auf den neuen, vermeintlichen Täter stürzen. Daß ich ihn umbringen würde, wenn ich nur könnte, war doch einleuchtend. Aber sie wußten auch, daß ich niemals meine Hand zum Mord erheben würde, und deshalb haben sie es selber getan. Eine abgekartete Sache, mein Herr. Sie wurden überfallen, der Täter festgenommen. Er nannte meinen Namen als Auftraggeber. Nun war alles klar. Sie sollen schnell wieder abreisen und nicht erfahren, zu was Sie gedient haben.‹

›Aber was wäre damit erreicht? Es bliebe doch alles wie zuvor. Oder glauben Sie, man wird Ihnen den Prozess machen wegen eines Überfalls, für den es keinen Zeugen gibt außer dem Händler und den Hausknechten?‹

›Es ist genug, um mich endlich ins Narrenhaus zu bringen. Dann bin ich verstummt, und der Mörder ist ungestört. Aber ich zweifle, ob Sie die Stadt überhaupt lebend verlassen werden. Schucan, so sagten Sie mir, weiß, daß Sie bei mir sind. Er wird annehmen, daß Sie alles von mir erfahren haben, was er Ihnen nicht hat sagen wollen. Das könnte sehr unangenehm werden für Herrn van Veen. Kennen Sie ihn? Haben Sie Lindorf gekannt?‹

›Ja‹, sagte ich und erzählte ihm mein nächtliches Erlebnis.

›Das ist außerordentlich. Sie würden ihn wiedererkennen, da bin ich sicher. Sie können, wenn Sie wollen, etwas tun. Ja, Sie müssen sogar etwas tun, denn Ihr Leben ist in Gefahr. Gehen Sie zum Rat der Stadt. Ich werde Sie dorthin begleiten. Offenbaren Sie alles. Bestehen Sie darauf, daß man van Veen holt. Er ist nicht verreist, wie man Ihnen sagte. Er ist in der Stadt. Ich weiß es. Wollen Sie das tun?‹

Ich überlegte. Wenn das nicht alles ein Hirngespinst des Alten war, dann saß ich wirklich in der Falle und konnte mich nur durch einen kühnen Sprung befreien. Ich dachte an die seltsamen Umstände der Einladung, an das hohe Honorar, das man mir geboten und nun noch einmal erhöht hatte. Vielleicht sollte ich überhaupt keinen einzigen Heller davon erhalten, vielleicht würde man mich auf der Heimreise alsbald überfallen, mir alles wieder abnehmen, wenn man mich nicht auch noch umbrachte, damit keiner etwas erfuhr von der finsteren Geschichte um den Kaufmann van Veen. Ich schrieb immerhin Bücher, zu denen ich Tatsachen verwendete. Es war doch möglich, daß ich auch aus diesem Stoff eine Geschichte machte. Ja, ich war in Gefahr, immer deutlicher wurde mir das, und so erklärte ich mich bereit, mit Pohlmann zum Rat der Stadt zu gehen. Er sprang sofort auf. Sein Gesicht belebte sich. Er müsse sich nur eben einen besseren Rock anziehn, sagte er, und ich möge hier einen Augenblick auf ihn warten. Er ging und ich wartete. Ich dachte nach über die bedrohliche Wendung, die meine Dichterreise genommen hatte, ich verfluchte meinen Leichtsinn, das sichere Renchen verlassen zu haben, um mich, alter Tor, vom Gelde verlockt, auf ungewisse Fahrt zu begeben. Aber es blieb mir nun nichts anderes mehr übrig, als mit der größtmöglichen Schlauheit und Kühnheit das Abenteuer zu bestehen. Denk an des Simplici Verwegenheit, sei einmal, einmal nur in deinem Leben wie er, sei das Jägerken, das sich aus dem Kamin des Pfaffen befreit in schier aussichtsloser Lage. Potz Blut! sagte ich, um mir Mut zu machen. Potz Strahl! Potz tausend Gift! Potz Fickerment! Aber ich hatte doch nur Angst, und der rechte simplicianische Geist wollte nicht über mich kommen. Da hörte ich einen schrecklichen Schrei, und etwas fiel hin und zerbrach. Es war ein Frauenschrei, ein schriller Frauenschrei. Ich sprang auf und öffnete die Tür zum Flur, die Pohlmann hinter sich geschlossen hatte. Vor mir stand eine dicke Frau, die ein Brot in der Hand trug. Einen Krug mit Milch hatte sie fallen lassen. Die Scherben lagen vor meinen Füßen. Die Milch rann über die Steine. Im selben Augenblick, da sie mich sah, schrie sie ein zweites Mal, warf das Brot in die aufspritzende Milch und stürzte zur Haustür hinaus. Draußen hörte ich sie wieder schreien und ›Mörder!‹ rufen, ›Mörder!‹ und immer wieder ›Mörder‹. – Wahrscheinlich bin ich doch in ein Narrenhaus geraten, dachte ich, hinab auf die Milchlache schauend, die immer weiterrann, den Flur hinab, ins Dunkle hinein, von wo ihr, das sah ich nun mit eisigem Schrecken, eine andere entgegenkam, die sich langsamer ausbreitete, bei dem schlechten Licht weniger gut zu erkennen war, zumal sie dunkel war. Ich trat einen Schritt auf sie zu und sah, daß es Blut war. Am Fuß der kleinen Treppe, die nach oben führte, lag Pohlmann und hatte ein Messer im Rücken. Er muß, als er hinaufgehen wollte, um seinen Rock zu holen, von hinten angefallen und so geschickt niedergestoßen worden sein, daß er keinen Laut mehr von sich gab. Ich beugte mich zu ihm hinab. Er war tot. Nicht einmal den Fall des Körpers hatte ich gehört, aber das mochte auch am Lärmen der Straßenkinder gelegen haben, welche während der ganzen Zeit vor dem Hause getobt hatten. Nun drangen sie durch die offene Haustür vorsichtig spähend in den Flur ein, fuhren aber, als sie mich sahen, wie ich mich von der Leiche aufrichtete, schreiend wieder hinaus, und nun gellte der Ruf ›Mörder!‹ aus vielen kleinen Kehlen hinter der schreienden Frau die Straße hinab.

Ich stand und wußte nicht, was ich tun sollte. Es war sinnlos, daß ich mich entfernte. Ich verschlechterte meine Situation, wenn ich flüchtete. Wenn man mich für den Mörder hielt, war es besser, zu bleiben, denn für gewöhnlich flieht ein Verbrecher ja nach einer Bluttat. Ich stand und starrte auf die Milch, die sich mit Blut vermischte, ich stand, und es dauerte eine Ewigkeit, eine Stunde wenigstens, so kam es mir vor, ehe ich einen Haufen Volk auf der Straße hörte. Allen voran der Polizeihauptmann mit einigen Gerichtsdienern, hinter denen sich oben, unten, links und rechts neugierige Köpfe von Kindern und Erwachsenen drängten. Mit betont zur Schau getragener Nüchternheit überzeugte sich der Vertreter des Gesetzes davon, daß der Mann am Fuß der Treppe wirklich tot war, und dann fragte er mich, ob ich ihn getötet hätte. Als ich dies verneinte, lachte er kurz auf und befahl den Schergen, mich gefangenzunehmen. Auf der Wache wurde ich alsbald von einem schnell herbeigeholten Richter vernommen, sehr oberflächlich vernommen, das muß ich sagen. Einen ertappten Hammeldieb in Renchen hatte ich sorgfältiger ausgefragt, ehe ich ihn ans Amt in Oberkirch expedieren ließ. Wer ich denn sei? – Ich zögerte, hielt es aber dann doch für besser, mich weiterhin als den Herrn Schleiffheim von Sulsfort auszugeben. Nannte ich mich der Wahrheit entsprechend Grimmelshausen, glaubte man mir wahrscheinlich gar nichts mehr. Ich gab an, daß ich bei Albin Schucan zu Gast sei und gestern einigen Soester Bürgern aus meinem Roman vorgelesen habe. Das wollte man gar nicht wissen. Man hielt es für völlig ausgemacht, daß ich den alten Mann ermordet hatte, und war nur an einem Geständnis von mir interessiert. Da ich das aber nicht ablegen wollte, und auch nicht zu sagen wußte, wer es denn dann gewesen sein sollte, wurde mein Fall kurz abgetan und ich auf dem schnellsten Wege in den Turm geschafft.

Sie können sich denken«, sagte Grimmelshausen, »daß ich in den langen Stunden, die nun folgten und während derer sich kein Mensch um mich kümmerte, ununterbrochen darüber nachgrübelte, was dies zu bedeuten habe und wie meine Chancen stünden, diese Stadt je wieder lebend verlassen zu können. Warum hatte man Pohlmann umgebracht, und nicht mich? Es war nun sicher, daß ich in einem bösen Spiel eine Figur war, daß der Alte nicht phantasiert hatte, daß es den Mörder von Soest wirklich gab und daß er wohl alle Fäden in der Hand hatte. Es wäre doch ein Leichtes gewesen, mich niederzustechen, als ich in der Stube auf den Alten wartete. Dann wäre ein wunderschöner Verdacht auf Pohlmann gefallen und man hätte ihn als Mörder eingesperrt. Die Rechnung wäre doch herrlich aufgegangen. Der Herr van Veen konnte mir doch dankbar sein, daß ich in das Haus seines Erzfeindes gegangen war. Ich verstand die Beweggründe einfach nicht, wie ich die Sache auch drehte und wendete. Es wurde Nacht. Keiner dachte daran, mir etwas zu trinken und zu essen zu bringen, nach der herrlichen Zeit in wohlhabendem Luxus war ich nun an dem tiefsten Punkt in meinem Leben angelangt. Über Wankelmut und Trug des Glückes nachzudenken, hatte ich reichlich seufzende Gelegenheit.

In tiefer Nacht, der Wärter, den ich gelegentlich hatte hantieren gehört, mußte längst schlafen, hörte ich Geräusche außerhalb meiner Zelle. Leise Schritte, ein Schlüssel im Schloß, das Schieben des Riegels. Die Tür wurde geöffnet, und im schwachen Schein des hochgelegenen, vergitterten Fensters sah ich einen Mann eintreten, in dem ich sehr schnell den Burschen der gestrigen Nacht wiedererkannte. Auf meine Frage sagte er nichts, sondern zog eine Feile aus der Tasche, kletterte affengeschwind zum Zellenfenster hinauf und begann, mit verblüffender Schnelligkeit das Gitter anzufeilen. Es mußte sich um ein vorzügliches Werkzeug handeln, denn in unglaublich kurzer Zeit brachte er es fertig, das Gitter herauszubekommen. Dann warf er die fabelhafte Feile auf den steinernen Boden, zog mich aus der Tür heraus, verschloß diese wieder von außen mit lautloser Sorgfalt und ging mit mir zum Wächter, der schlafend an einem Tische saß. Ohne daß dieser erwachte, befestigte er den Schlüssel an dessen Hosenbund und zog mich hinter sich her ins Freie. Wir eilten durch verschiedene kleine Straßen, stiegen über Hecken und Zäune und gelangten schließlich durch einen langen, schmalen Garten von hinten in ein verdunkeltes Haus. Über eine, von einer Fackel erhellte Stiege kamen wir ins Obergeschoß und in ein Zimmer, dessen Fenster mit dichten Vorhängen verhangen waren. Einige Kerzen brannten in einem Leuchter, der auf einer schwarzen Truhe stand. Der Halunke wies mir einen Sessel an, in dem ich Platz nehmen sollte, und ohne während der ganzen Zeit auch nur ein einziges Wort gesprochen zu haben, verließ er den Raum, geräuschlos.

Was hatte dies nun wieder zu bedeuten? Pohlmanns Mörder – ich zweifelte keinen Augenblick, daß der Kerl, der mich überfallen hatte, auch der Mörder des Alten war – befreite mich aus dem Gefängnis und brachte mich .... Ja wohin? Wo war ich? Sicher in der Stadt, aber nicht bei Schucan. Dessen Haus kannte ich. Etwa bei Mijnheern van Veen?

›Sie wollen mich doch sicher einmal sehen vor Ihrer Abreise‹, sagte eine Stimme aus dem Nirgendwo, etwas gedämpft, wie hinter einem Vorhang, mit einem leichten holländischen Akzent. ›Aber ich weiß noch nicht, ob ich mich Ihnen zeigen soll.‹

›Mijnheer van Veen?‹ fragte ich.

›Gewiß. Aber ich kann mich genausogut auch Lindorf nennen, wenn Ihnen das lieber ist und vertrauter. Ich kann auch auf meinen holländischen Tonfall verzichten, wenn Ihnen das lieber ist. Hören Sie? Schon wirke ich auf Sie etwas anders.‹

Ich hatte mich nach der Ecke umgedreht, aus welcher die Stimme kam, und sah nun einen mit Vorhängen verschlossenen Alkoven. Darin mußte sich der Sprecher befinden. Und nun bemerkte ich auch, daß der Vorhang sich etwas bewegte, daß eine Hand zum Vorschein kam, die in ihm einen kleinen Schlitz herstellte, durch den er mich beobachten konnte.

›Erkennen Sie mich?‹

Das mußte ich verneinen, obwohl mich seine Stimme nun, da er den holländischen Akzent fortgelassen hatte, an irgend jemanden erinnerte. Ich kam jedoch nicht darauf. An des Pferdeburschen Lindorfs Stimme von damals konnte ich mich nicht mehr erinnern.

›Ich werde mich Ihnen vielleicht nachher zeigen. – Vielleicht. Ich weiß es noch nicht. Wir können uns ja auch so unterhalten, finden Sie nicht? – Gut. – Sie haben ein Recht darauf, zu erfahren, was eigentlich mit Ihnen gespielt wird. Ein böses Spiel, das steht fest. Ein verzweifelt böses, das brauche ich Ihnen nicht auch noch zu sagen. Ich kann lhnen aber versichern, daß es Ihnen nicht an den Kragen gehen wird, wenn Sie so tun, wie ich Ihnen sagen werde. Zunächst aber will ich in Kürze all die Frage beantworten, die Sie im Geiste schon an mich gestellt haben. – Also: Ich bin der Lindorf, mit dem Sie damals für eine Weile auf einer Stube lagen. Ich weiß noch genau, wie Sie mich dabei überraschten, als ich mir meinen Schatz anschaute und dabei glaubte, Sie schliefen wie jeden Abend, wenn ich zurückkehrte. Sie haben sich, das konnte ich später feststellen, an das Versprechen gehalten, das Sie mir gegeben haben. Sie haben nichts über Ihre nächtliche Entdeckung erzählt. Auch sehr viel später, als Sie Ihr hübsches Buch schrieben, erzählten Sie die Sache ganz anders, als sie gewesen war. Ich fand das nett von Ihnen. Ich bin Ihnen dankbar. Ich habe Sie überhaupt in angenehmer Erinnerung. Freilich wußten Sie damals noch nichts davon, daß ich ein Räuber und Mörder war. Sie wären sonst sicher nicht in meine

Rolle geschlüpft, wie Sie in die des Jägerken schlüpften. Nun gut. Jetzt sind Sie dahintergekommen. Der alte Pohlmann hat Ihnen alles erzählt, und deshalb ist es mir nun vergönnt, etwas Atem zu sparen.

Von dem Schatz habe ich zum ersten Mal in Arnsberg gehört, im Hause des Onkels der kleinen Elisabeth. Sie erzählte die Sache mit dem Versteck ihrer Tante, und ich kriegte es mit. Ganz einfach. Ich wußte allerdings nicht genau, wo der verfallene Hof in der Nähe von Soest lag, aber ich war sicher, daß ich ihn finden würde. Ich ging aus dem Dienst, wanderte nach Soest und wurde Pferdejunge bei den Dragonern. Wenn ich mal das eine oder das andere Pferd zu bewegen hatte, benützte ich die Gelegenheit, nach dem alten Gemäuer Ausschau zu halten. Ich fand es nicht. Es gab zu viele verlassene und ausgebrannte Gehöfte in der Börde. Ich untersuchte zwar eins nach dem anderen, aber das Versteck konnte ich nicht entdecken. Ich versuchte auch, mich an Pohlmann, den Vater, heranzumachen, und deshalb bestellte ich ihm einen schönen Gruß von seiner Tochter, um ihn etwas gesprächiger zu machen. Aber daraus wurde nichts. Er sagte nur ›Soso‹, und das war alles. Natürlich war das ein Fehler gewesen, denn nun kannte er mich. Es führte kein Weg daran vorbei: ich mußte die Elisabeth schnappen und dazu zwingen, mir das Versteck zu verraten. Ich nahm einen Tag Urlaub, besorgte mir ein Pferd und ritt nach Arnsberg. Es lief alles wie am Schnürchen. Ich sah das Mädchen aus dem Haus ihres Onkels treten, allein, ohne Begleitung. Ich sprach sie an, wir plauderten zusammen, es gelang mir, sie, um ihr mein Pferd zu zeigen, das ich außerhalb der Stadtmauer angebunden hatte, fortzulocken, sie zu überwältigen, zu fesseln und auf das Pferd zu setzen. Bei Arnsberg ist man schnell im Walde verschwunden. Ich drohte ihr, sie sofort umzubringen, wenn sie mich nicht an den richtigen Ort führe, kam an mit ihr in heller Mondscheinnacht vor Soest und fand die eingemauerten Güter. Ich habe sie ganz schnell und schmerzlos umgelegt danach. Ich könnte das genau schildern, wenn ich ein Dichter wäre wie Sie. Kurzum: Sie hat nicht lange gelitten. Eh sie es sich versah, war sie hinüber, und ich habe sie, wie Sie wissen, in einem Gesträuch so gut versteckt, daß man sie nicht sofort finden würde. Dann habe ich Musterung gehalten – Sie wissen es – und bin am nächsten Morgen mit dem ganzen Zeug nach Holland. – Sehen Sie, das ist der Unterschied zwischen uns beiden. Nie wäre ich auf den Gedanken gekommen, solche Werte im Inland zu lassen und sie gar einem fremden Kaufmann anzuvertrauen. Nein, ich bin nach Holland ausgewandert, wohin der Krieg nicht kam, nicht kommen würde, ins einzige Refugium in dem ganzen Wirrwarr. Dort habe ich damit meine Existenz als Kaufmann begründet, mit dem Pfunde gewuchert, ja. Als der Krieg zu Ende war, hatte ich schon über zehn Jahre in Amsterdam gelebt und war ein vollkommener Holländer geworden. Ich gab noch einmal zehn Jahre dazu, und dann fügte es sich so, daß es sinnvoll erschien, mich mit einem Teil meines Geschäftes ins Ausland zu verlagern. Auf Soest bin ich gekommen, weil dort die Quelle meines Erfolges gesprudelt hatte. Dankbarkeit, wenn Sie so wollen, ein bißchen Gefühlsduselei, aber auch einige handfeste Gründe, die ich jetzt nicht erläutern will. Ich kam einundzwanzig Jahre nach dem Mord nach Soest zurück und rechnete nicht damit, daß mich noch irgendeiner kennen würde. Ich hatte ja auch einen anderen Namen. Ich sprach Holländisch, radebrechte das Deutsche. Der einzige, der mich erkannte, war dieser Pohlmann. Nein – ich habe das nicht ernstgenommen. Er hatte nicht die Spur eines Beweises, alle hielten ihn für etwas verrückt. Ich bin nun seit vierzehn Jahren ein Bürger von Soest, und seit vierzehn Jahren verfolgt mich dieser Geiferer unablässig. Irgendwann, Herr Grimmelshausen, irgendwann hält man das nicht mehr aus, irgendwann beginnt man Gespenster zu sehen und fürchtet, verrückt zu werden. Dann will man diese keifende Stimme zum Schweigen bringen, und wenn es ein neues Verbrechen kostet. Warum, so werden Sie fragen, bin ich nicht fortgezogen, warum nicht in eine andere Stadt. – Ich habe das oft erwogen, aber dann kam mir das vor wie eine feige Flucht. Ich habe gedacht, daß dann jeder in Soest wissen würde, daß ich der Mörder war. Wenn ich aber blieb, dann wußten alle, daß ich es nicht war, und das war mir wichtig, weil ich in manchen Dingen nicht allzu beliebt war und es etliche gab, die mich gern am Galgen gesehen hätten.

Als der Schucan kam mit Ihrem Buch, da habe ich die Gelegenheit gesehen, mit diesem Gerede endgültig Schluß zu machen. Ein anderer war es gewesen, der den Schatz gefunden hatte. Da stand es: das Jägerken, von dem viel gefaselt wurde im Volk. Von einer umgebrachten Tochter stand nichts da. Weiß der Teufel, wer sie vergewaltigt und abgemurkst hatte in der wirren Zeit. Die beiden Sachen waren nicht miteinander in Verbindung zu bringen. Das Jägerken war nicht der Mörder von Soest und schon gar nicht der Mijnheer van Veen. Ich habe ganze Haufen Bücher gekauft und verschenkt. Glauben Sie, das Gerede sei verstummt? Pohlmann und die Leute, die mich nicht leiden konnten, verbreiteten nun, ich selber hätte den Roman in Auftrag gegeben, um mich reinzuwaschen. Sie hielten nichts von geschriebenen und erdichteten Beweisen. Dann müssen wir es ihnen deutlicher zeigen, dachte ich. Wir müssen den Dichter nach Soest kommen lassen. Er muß die fraglichen Kapitel aus einem Buch vorlesen, als der Jäger von Soest begrüßt werden und dann einem Racheanschlag zum Opfer fallen, von dem jeder annehmen muß, daß er von Pohlmann geführt wurde. Nein, wir wollten Sie nicht umbringen. Es sollte nur so aussehen. Keiner sollte Zeuge sein, aber es sollte sich danach herumsprechen. Es wäre dann leicht gewesen, den alten Schwätzer ins Narrenhaus zu bringen, da nun jeder sah, wie gefährlich er werden konnte in seinem Wahn.

Das war der Plan, lieber Herr von Grimmelshausen. Aber er ging schief, leider, weil Sie nicht taten, wozu der Schucan Ihnen riet. Sie wollten Pohlmann sehen und sprechen, und damit haben Sie ihn umgebracht. Denn jetzt sah die Sache anders aus, jetzt mußte ich zuschlagen. Ich hatte die Wahl, Sie umzubringen oder meinen alten Feind, aber ich mochte Sie viel zu gern, als daß ich Sie hätte opfern können. Hätte ich Sie ermorden lassen, wäre der Alte als Ihr Mörder hingerichtet worden, ohne Zweifel. Wenn ich aber ihn umbringen ließ, würden Sie als der Mörder in Haft genommen werden. Das war vorauszusehen. Besser im Gefängnis als tot, das werden Sie zugeben, denn aus dem Gefängnis kann man immer noch befreit werden, wie Sie sehen.

Ich hatte kein Blut mehr vergießen wollen, das versichere ich Ihnen. Aber es ist mir nicht erspart geblieben. Nun wird keiner mehr argwöhnen, daß ich vielleicht doch ein Mörder bin, und Ihnen wird niemand ein Haar krümmen, dafür verbürge ich mich. Sie werden noch in dieser Nacht an einen Ort gebracht, wo eine Kutsche mit zwei Pferden auf Sie wartet. Sie werden mit ihr nach Renchen zurückkehren. Der Wagen und die Pferde gehören Ihnen. Außerdem ist Ihr Honorar sicher darin versteckt. Prüfen Sie das aber erst nach, wenn Sie daheim sind, denn Sie haben nach Ihrem Entkommen aus dem Turm nicht mehr viel Zeit zu verlieren. Ich verspreche Ihnen, daß Sie zwanzigtausend Reichstaler darin finden werden, wenn Sie den Wagen völlig auseinandernehmen. Ja, ich habe noch einmal erhöht. Das bin ich Ihnen schuldig. Sie können davon in Ruhe und ohne Sorge Ihr Leben führen und als Dichter schreiben, was Sie möchten, ohne sich nach einem Verleger oder einem Publikum richten zu müssen. Nur eins bitte ich Sie, nicht zu tun. Eins müssen Sie mir versprechen: Ihr Abenteuer in Soest darf nicht Literatur werden, solange Sie leben, auch nicht mit veränderten Namen und Örtlichkeiten. Ich werde es sofort bemerken und meine Konsequenzen ziehen. Dies als Warnung. Aber da habe ich gar keine Sorge. Sie werden Ihren Mäzen, den Sie endlich gefunden haben, doch nicht bloßstellen, nur weil es eine hübsche Geschichte abgäbe. – Sie schweigen? – Ich nehme das als Zustimmung. Und nun – nun wird es eigentlich Zeit, daß Sie sich auf den Weg machen, ehe der Morgen graut. Jan erwartet Sie unten an der Treppe. Jan, das ist derselbe, der Sie überfallen hat. Sie werden es ihm verzeihen. Und nun – ja, ich habe es mir überlegt, ich werde mich Ihnen doch noch zeigen zum Abschied. Ich will dies Versteckspiel aufgeben. Hier bin ich.‹

Der Vorhang des Alkovens öffnete sich und Friedrich David Emanuel Knörenschild stand vom Bette auf und trat auf mich zu. Jetzt erst erkannte ich Lindorf in ihm.

›Ich habe Sie in Bonn besichtigen wollen. Ich war zu neugierig. Es hat mir viel Spaß gemacht, mit Ihnen darüber zu streiten, wie man reich wird. Sie setzten auf die Sparsamkeit und ich auf Krieg und Raub. Wollen mal sehn, wer Recht behält. Gute Nacht, Herr von Grimmelshausen, und von Herzen: Gute Reise!‹

Jetzt bin ich am Ende, Herr Ellinghaus. Jetzt gibt es nicht

mehr viel zu erzählen. Nein, nein, es gäbe noch viel. Meine Rückreise war durchaus voller Erlebnisse, mit denen wir leicht die Nacht zubringen könnten, aber mit Soest ist es nun aus und vorbei. Dieser Jan, der mich erwartete, nachdem ich mich fassungslos verabschiedet hatte von dem Mörder von Soest, führte mich durch einen unterirdischen Gang vom Haus in ein Gebüsch außerhalb der Stadtmauer und von dort zu einem kleinen Gehöft. Vielleicht war es dasjenige, in dem Lindorf vor Zeiten den Schatz geraubt hatte, ich weiß es nicht. Dort stand, bewacht von Albin Schucan, ein Wagen mit zwei Pferden für mich. Schucan umarmte mich enthusiastisch und wünschte mir alles Glück für die Fahrt und literarischen Ruhm. Um die Behörden, meinte er, brauche ich mir keine Sorgen zu machen. Zum ersten sei ich für sie der Herr von Sulsfort, den keiner finden könne, zum anderen habe man noch nie einen geflohenen Gefangenen außerhalb Soests verfolgen lassen. Ich könne gänzlich unbesorgt sein.

So nahm ich zwiespältigen Abschied und reiste, erst rasch und dann geruhsamer, wieder meiner Heimat zu, wo ich nach einer Reihe von eigenartigen, durchaus erzählenswerten Erlebnissen kurz vor dem 11. Oktober, meinem Geburtstag übrigens, wieder eintraf. Das, Herr Ellinghaus, war meine zweite Reise nach Soest, über die ich nie geschrieben habe, aus guten Gründen, wie ich schon sagte.«

»Und das Geld«, fragte der Buchhändler, der während der letzten Zeit nicht mehr auf die Uhr geschaut hatte, »war es wirklich im Wagen?«

»Vollständig. Ich bin nicht betrogen worden.«

»Dann waren Sie ja für den Rest Ihres Lebens ein reicher Mann.«

»Ja und nein. – Einmal konnte ich mich natürlich nicht in meiner Gemeinde als wohlhabender Mann aufspielen, der ein Vermögen von einer Reise mitbringt. Welchen Eindruck hätte das gemacht, bedenken Sie! Zum anderen begann schon im nächsten Jahr – 1672 – Ludwig XIV. seinen Eroberungskrieg gegen Süddeutschland. Wir gerieten in harte Bedrängnis, und ich habe das Geld, um es als Notgroschen zu retten, versteckt, vergraben. Die Gegend um Renchen wurde Aufmarschgebiet und Etappe der

Schlacht von Sasbach, 1675. Ich wurde auf meine alten Tage noch einmal wieder Soldat. Als ich 1676 an einem Herzanfall starb, hatten wir die Taler noch nicht wieder ausgebuddelt, weil die Zeiten noch zu unsicher waren. Ich kann Ihnen leider nicht sagen, ob meine Frau das später getan hat oder eines meiner Kinder, die alle das Versteck kannten. Ich weiß es nicht.«

Grimmelshausen stand auf. Auch der Buchhändler Ellinghaus erhob sich.

»Ich werde«, sagte der Rothaarige zu dem völlig benommen Dastehenden , »ich werde mal eben auf die Toilette gehen und bei der Gelegenheit am Büfett zahlen. Ich bin gleich wieder hier. Wir fahren dann zur Buchmesse zurück.«

Er ging, und der Buchhändler Ellinghaus stand, in die zwiespältigsten Gedanken versunken, an einem Fenster des chinesischen Restaurants und schaute auf den Straßenverkehr hinaus. Er ließ sich während der Zeit durch den Kopf gehen, was er alles von diesem Sonderling zu hören bekommen hatte. Dieser nun ließ auf sich warten. Einem Epiker, dachte Ellinghaus, muß man zu jedem Geschäft Zeit lassen, und da es nun ohnehin schon zu spät geworden war für die Buchmesse, erwog er, angeregt und mitgerissen von der Außergewöhnlichkeit des Mannes und seiner Erzählungen, den Rest des Tages vollends auf den Kopf zu hauen und diesen Phantasten zu einem großen Kneipenbummel einzuladen, um noch mehr von ihm zu hören.

Als er eine Viertelstunde gewartet hatte, kam ihm die Sache doch etwas seltsam vor. Er ging zum Büfett und fragte den Ober, der dort müßig stand, ob bereits gezahlt worden sei. Der Ober verneinte das. Darauf fragte der Buchhändler, wo die Toiletten seien, und ging hin, um nachzuschauen. Sowohl die Herren- wie auch die Damentoilette, in der er vorsichtshalber auch noch nachschaute, waren leer. Er kehrte zum Büfett zurück und fragte den Ober, ob der Herr, mit dem er am Tisch gesessen hatte, vielleicht hinausgegangen sei.

»Durch Tür vorne? Nein.«

»Gibt es noch einen Hinterausgang?«

»Gibt es, ja. Aber durch Küche.«

»Vielleicht ist er da ...«

»Nicht möglich. Fragen wir nach.«

Der Ober ging mit dem Buchhändler in die Küche, wo ein Koch und zwei Mädchen müßig herumsaßen, denn die Mittagszeit war ja längst vorbei. – Nein, hier war niemand durchgekommen. Es war seltsam, aber der Dichter Grimmelshausen blieb verschwunden. Der Buchhändler wartete nun noch etwa zehn Minuten und fragte den Ober, ob er den Herrn denn kenne, der hier so viele Gerichte verspeist habe. Nein, sagte der Ober, den kenne er nicht. Der sei heute zum ersten Male hier gewesen. Er selber bediene schon seit zwei Jahren. Da der Ober nun etwas unruhig zu werden begann, da er wohl fürchtete, das ganze sei ein Trick, um die Rechnung nicht zu bezahlen, zog der Buchhändler Ellinghaus seine Brieftasche und bezahlte alles, was sie beide hier verzehrt hatten. Dann sagte er dem Ober, der nun wieder gleichmütig geworden war, er möge doch bitte dem Herrn, falls er noch zurückkehre und nicht schon vorausgefahren sei, ausrichten, er solle ihn, Ellinghaus, morgen doch bitte anrufen, und gab ihm seine Nummer. Dann ging er.

Am nächsten Tage fuhr er, wie geplant, zurück nach Soest.

Der Mann im Faß

Für Felix Bollig

Sonnabend, 28.12.
Am Vormittag hat er angerufen. Er wird also kommen. Am Montag. Kein Silvester mit den Eltern, was noch offen war bisher. Nun seien unerträgliche Hausfreunde eingeladen worden. Das habe den Ausschlag gegeben, sagt er. Er habe vorgegeben, jetzt plötzlich mit dem Roman weiterkommen zu können, mit dem er schon so lange festsitze. Über Nacht eine neue Idee, eine womöglich rettende. Keine Silvesterfeier also, kein Kater und keine Erschöpfung. Er müsse, habe er seinen Eltern klargemacht, jetzt unbedingt verreisen. Meine Einladung an die Mosel sei ihm deshalb höchst willkommen, habe er den Eltern gesagt. Mein Gott! Im Winter an die Mosel! Es sei nicht leicht gewesen, sagte er, seine Gründe plausibel zu machen. Nun kommt er. Nun habe ich ihn. Es läuft nach Plan. Es hat begonnen.

Ungewohnte, ja eigentlich unbequeme Schreibsituation: Tagebuch. Nie habe ich eins geführt. Gelegentliche Vorsätze versandeten bald. Keine Neigung, jeden Tag etwas aus mir herauszukramen, womöglich erst zu erzeugen, was niederschreibenswert wäre. Der Alltag, die Routine, das Wiederkehrende: belanglos. Wer will das lesen nach Jahren? Ich nicht. Nun ist es anders. Mein Vorhaben erfordert die genaue Niederschrift aller, auch der belanglosesten Vorkommnisse. Später könnte es sein, daß ich alles verfälsche, mir Gedanken und Gefühle einbilde, die ich nicht gehabt habe in den Tagen, die kommen werden. Eine Materialsammlung, die später allenfalls zu bearbeiten wäre, wenn sich das als notwendig erweist. Kein Zwang daher zu einer bestimmten Form. Abwarten, wie es geht. Ich kann jederzeit damit aufhören, wenn es sich als hinderlich erweisen sollte, was immerhin möglich wäre. Trotzdem: den eventuellen Leser dabei im Auge behalten. Nicht nur für mich schreiben. Niederschreiben auch das, was mir selber längst bekannt ist. Aber alles zu seiner Zeit.

Am Nachmittag habe ich mit dem Transit noch eine Ladung Wein nach Trier gebracht, 84er Leiwener Laurentiuslay, Kabinett. Restbestände. Ich habe gut verkauft in diesem Jahr. Der 85er liegt noch auf dem Faß. Vor März fülle ich nicht ab. Ruhige Zeit. Günstig für mein Vorhaben.

Sonntag, 29.12.

Der neulich gefallene Schnee ist, schon tauend und matschig, wieder gefroren. Die Bäume auf Zummet protzen mit dicker Schneeschicht auf allen Ästen. Auf dem Boden liegt nur wenig. Nur die weißen Bäume also erzeugen diesen Eindruck enormer Winterlichkeit. Stimmungseffekt mit geringsten Mitteln.

Ich habe das Zimmer aufgeräumt, in dem er wohnen und schreiben soll während dieser 14 Tage. Es hat, wie auch mein Arbeitsraum, diesen fabelhaften Blick über die Weinberge hinab auf die Moselschleife bei Trittenheim. Das klassische Panorama der Weinflaschenetiketten. Man blickt, wenn man sich ein wenig aus dem Fenster lehnt, von Klüsserath über Leiwen und Trittenheim bis nach Neumagen. Stundenlang kann man sich damit unterhalten, dem winzigen Verkehr auf der Uferstraße zuzusehen, den Schiffen. Ob ihn das ablenken wird? Er will arbeiten, bis in die Nächte hinein. Der Roman soll im Herbst erscheinen.

Die Weihnachtsfeier des Verlages in München, zwei Wochen ist das erst her. Er saß in einem Sessel ganz in der Ecke, ein Glas sehr alten Portwein in der Hand – sechzig Jahre alt, Geburtsjahr des Verlegers, angeberisch ausgeschenkt an diesem Tage – und war wortkarg. Nur vierzehn Tage konzentrierte Arbeit, und er habe das Ganze im Griff, sagte er mir. Aber wohin fahren? An die Nordsee? Da ist es ruhig um diese Zeit. Aber nicht in ein Hotel. Da könne er nicht schreiben. Zu Freunden in die Lüneburger Heide? Zu laut. Zu viel Geselligkeit. Er wisse es nicht. Er wisse nicht wohin.

Die Gelegenheit, auf die ich gewartet hatte. Herzklopfen, weil sie so plötzlich da war. Ich bot ihm an, zu mir nach Zummet zu kommen. Keine Belästigung sei zu befürchten von meiner Seite.

Eigenes Zimmer, eigenes Bad, Wein reichlich nach Bedarf. Ich koche ein schlichtes Essen. Unterhaltung mit mir, nur wenn ihm danach ist. Ich will selber schreiben in dieser ruhigen Zeit. Nein, mich stört er nicht. Es regt mich eher an, wenn noch einer da ist, sich ebenfalls abmüht. »Mal sehn«, sagte er, »das könnte mich irrsinnig reizen.«

Langer Spaziergang am Nachmittag. Nein, jetzt nicht aufschreiben, was ich dachte. Eine Flasche Wein, *Tatort* im Fernsehen, dann ins Bett.

Montag, 30.12.

Schneesonne. Eiswein, lese ich in der Zeitung, soll übers Wochenende an der Mosel gemacht worden sein. Kuriosität, nichts weiter. Ich begreife nicht, warum man so aus dem Häuschen dabei gerät. Eine gute Auslese, eine Beerenauslese ziehe ich noch immer vor. Aber sicher werde ich gefragt werden, ob ich und warum ich keinen Eiswein dieses Jahr gemacht habe. Viel zu klein, mein Betrieb, werde ich dann sagen, nur große Güter können sich das leisten, denn daß ich nicht die geringste Neigung zu diesem Frostlotteriespiel habe, glaubt mir keiner.

Ich sehe einen langen, untätigen Tag vor mir. Erst am späten Nachmittag wird er mit dem Zug in Trier ankommen, von wo ich ihn abhole.

Mittagszeit nun. Ich habe zur Einstimmung noch einmal in seinem Buch gelesen: *Räuber des Behagens*. Wirklich, ein gutes Buch. Wenn man jemandem erzählt, um was es darin geht, wird er nicht im geringsten die Meisterschaft erahnen können, mit der das vollkommen phantastische Thema behandelt und ausgesponnen wurde.

Es beginnt wie eine Kriminalgeschichte. Eine Serie seltsamer Einbrüche ereignet sich. Bewohner, die in ihre Häuser, ihre Wohnungen zurückkehren, finden Haustürschlösser erbrochen, Fenster aufgestemmt. Sie schauen sofort nach ihren Wertsachen, nach Geld, Schmuck und technischem Gerät, aber nichts fehlt. Man benachrichtigt vorsichtshalber die Polizei. Es ist auch nichts durcheinander gebracht, keine Unordnung, erst recht keine Zerstörung. Allerdings gibt es Anzeichen dafür, daß Schränke und Schubladen, ja so gut wie alles durchsucht worden ist. Zwar hat der Einbrecher sich bemüht, die Ordnung aller Dinge peinlich zu wahren, aber es kommen immer wieder Fälle vor, in denen ihm das nicht ganz geglückt ist. Was in dem einen Kasten und nur in diesem gelegen haben kann, findet sich in einem anderen wieder, wohin der Besitzer es nie und nimmer gelegt hätte. Staubränder auf Regalen sind beim Wiederhineinstellen entnommener Gegestände nicht exakt eingehalten worden. Auf eine seltsame Weise wirkt alles irgendwie angefaßt. Aber Fingerabdrücke gibt es keine. Der Polizeikommissar, dem täglich neue Fälle auf den Schreibtisch kommen, steht immer ratloser einem Phänomen gegenüber, dem beizukommen er sich, seiner wachsenden Beunruhigung ungeachtet, nicht imstande sieht. Schadensmeldungen erbrochener Schlösser sind der Versicherung wegen aufzunehmen, aber viel mehr läßt sich nicht tun. Wie und wo soll er seine Beamten einsetzen, um dem Einbrecher auf die Spur zu kommen, da nichts verschwindet, was bei Hehlern einmal wieder auftauchen könnte? Daß es sich nur um einen einzigen, immer denselben Täter handelt, steht so gut wie fest. Immer sind die Schlösser auf dieselbe Art gesprengt, die Fenster aufgestemmt worden. Die Spuren der verwendeten Werkzeuge sind immer die gleichen. Er beschließt, auf eigene Faust und außerhalb seiner Dienststunden der Sache nachzugehen. An Abenden besucht er nacheinander die Leute, bei denen eingebrochen wurde. Er unterhält sich mit ihnen, stellt Fragen, versucht herauszufinden, ob zwischen den Betroffenen irgendwelche Verbindungen bestehen, von denen sie womöglich selber nichts ahnen. Gewiß, die einen oder anderen kennen sich oberflächlich oder auch schon einmal näher, aber es lassen sich keine besonderen Gemeinsamkeiten herausfinden. Daß der Einbrecher etwas ganz bestimmtes und nur das sucht, erscheint dem Kommissar, der das zunächst angenommen hatte, immer unwahrscheinlicher. Die Suche nach einem bestimmten Gegenstand würde sich auf fest umrissene Bereiche konzentrieren: Schreibtische, Kommoden, Bücherschränke. Aber Betten, Kleider- und Kühlschränke? Da müßte man annehmen, die Bewohner hätten sich ausgeklügelte Verstecke ausgesucht und der Einbrecher müsse einfach alles durchsuchen.

Der Leser folgt dem Kommissar auf allen diesen mühseligen, abendlichen Wegen, schöpft Hoffnung und Verdacht, wird wieder enttäuscht, ist ratlos wie der Beamte, aber bleibt in ständiger Spannung. Natürlich setzen die ständigen Exkursionen nach Dienstschluß dem Manne gehörig zu. Familienkrise. Man sieht ihn tagelang nicht mehr zuhause. Spott. Seine Kollegen machen sich lustig über ihn. Was er denn wohl für einen großen Fisch an die Angel kriegen will? Der Mann läßt sich nicht abbringen von seiner Besessenheit. Er verbohrt sich nur immer tiefer in die Materie. Während den anderen neu eingehende Einbruchsanzeigen des immer gleichen Typs schon längst auf die Nerven gehen und von ihnen nur achselzuckend zur Kenntnis genommen werden, ist der Kommissar gierig auf jeden neuen Fall, richtet es nach Möglichkeit so ein, daß er als erster den Schauplatz betreten kann. Einbrüche, bei denen etwas entwendet worden ist, langweilen ihn vollkommen.

Nur ganz nebenbei und ohne zunächst besonders darauf zu achten, stellt er gelegentlich fest, daß Bewohner, die er wiederholt aufsucht, sich verändert haben. Sie wirken plötzlich matter, lustloser, sehen schlecht aus. Auf Befragen geben sie an, daß sie sich von Tag zu Tag elender fühlten. Nein, keine Schmerzen, keine konkreten Beschwerden. Aber eine Qual, eine Lustlosigkeit, eine Leere. Mit Leere könne man ihren Zustand am ehesten umschreiben. Und seit wann? Ob sie diesen Zustand vielleicht auch schon einmal vor dem mysteriösen Einbruch ...? Nein, vorher nie.

Endlich wird ein Faden sichtbar, an dem der Kommissar zupfen kann, um das rätselhafte Gewebe vielleicht aufzulösen, aber die Dinge beginnen, eine Wendung zu nehmen, die ins absolut Irrationale führt. Die naheliegende Vermutung, der unbekannte Täter könne Gift in Häusern und Wohnungen verspritzt haben, erweist sich als unhaltbar. Der Kommissar veranlaßt chemische Untersuchungen in verschiedenen Räumen, die nichts erbringen und erntet einen Rüffel von seinem Vorgesetzten. Immer wieder besucht der Kommissar jene Leute, bei denen die Symptome des

Verfalls besonders deutlich zutage treten. Von Mal zu Mal geht es ihnen schlechter, Schatten schließlich nur noch ihrer selbst, depressiv, melancholisch, inhaltsleer. Besonders auffallend aber ist, daß die Leute ihre Wohnungen, die eigentlich alle am Anfang der Untersuchungen einen freundlichen, gepflegten, ja ausgesprochen gemütlichen Eindruck machten, immer mehr verwahrlosen lassen, ja sogar einen regelrechten Haß auf Einrichtungsgegenstände und Inventar entwickeln. Immer mehr wird zerbrochen, zerschmissen und nicht mehr ersetzt. Der Kommissar ist nun endgültig und fest davon überzeugt, daß dieser Vorfall mit den vorangegangenen Einbrüchen ursächlich verknüpft ist. Wie aber? Das ist ja haarsträubende Spekulation. Mit einer solchen Theorie kann er sich nirgends sehen lassen. Er ist nahe daran aufzugeben.

Die Serie der Einbrüche ist keineswegs abgerissen. Sie hat sich jetzt sogar auf benachbarte Ortschaften ausgedehnt. Es vergeht kaum ein Tag, an dem nicht auf irgendeinem Polizeirevier ein neuer Einbruch gemeldet wird. Irgendwann, das ist die einzige Hoffnung des Kommissars, wird ihm der Zufall den Täter in die Hände liefern. Ein Zufall? Wirklich ein Zufall? Oder hat nicht vielleicht der Kommissar den Täter in den langen Monaten seiner Suche angezogen, angelockt? Eines Tages begegnet er ihm. Es ist während seines Sommerurlaubs. Er ist mit seiner Frau verreist, aber kurzfristig noch einmal zurückgekehrt, allein, um seinen Pfeifenkoffer nachzuholen, den er vergessen hat. Da sieht er einen fremden Mann sein Haus verlassen. Er verfolgt ihn, stellt ihn. Ein sanfter, freundlicher Mensch, der nichts dagegen hat, mit dem Kommissar umzukehren, sich in seinem Hause von ihm vernehmen zu lassen.

Und hier beginnt nun der zweite Teil des Romans, der kaum nachzuerzählen ist. Der Lebensbericht des Mannes, der alle Einbrüche gesteht. Er schildert langsam und mit genußvollen Schritten das Erwachen und Wachsen einer unstillbaren Gier nach fremden, momentan leeren, aber keineswegs aufgegebenen Lebensräumen. Die früheste Ahnung unermeßlicher Freuden hatte er mit zehn Jahren, als die Haustür eines Nachbarn, der sich gegen jedermann, besonders gegen Kinder immer zurückhaltend verhalten hatte, eines Tages gegen alle Erwartungen offen stand, so daß er hatte eintreten und sich alles betrachten können. Sofort hätten die Dinge begonnen, zu ihm zu sprechen, sich ihm aufzuschließen, mitzuteilen, erzählt er. Schubladen hätten ihn genötigt, sie aufzuziehen, Türen danach gerufen, geöffnet, Kleidungsstücke hervorgeholt, betastet, hin und her gewendet zu werden. Die besondere Meisterschaft des Romans besteht nun darin, wie die Ausbildung dieser Lust am Fremden immer nuancierter, immer suggestiver geschildert wird. Die Lust bestimmt immer mehr sein Leben, fremde Lebensatmosphäre wird ihm zum süchtigen Bedürfnis. Später wird er krank, wenn er längere Zeit keine fremde Wohnung aufgesucht hat. Es ist, als ob die Gegenstände, ihr vom abwesenden Bewohner arrangiertes Miteinander ihm die Kraft spendeten, leben zu können. Allein und auf sich gestellt, schrumpft er zusammen, trocknet ein, beginnt zu verfallen. Um nicht zu sterben, muß er sich wieder und wieder in Gefahr begeben, um in fremdem Dunstkreis zu genesen. Über eine gewisse Zeit hin konnte er sich damit trösten, daß dieses Laster zwar ungewöhnlich und unschicklich, aber doch harmlos sei. Er nahm ja nichts mit, zerstörte ja nichts außer Schlössern und Fenstern, aber dann war es ihm aufgefallen, daß die Menschen, deren Wohnungen er aufgesucht und in sich aufgenommen hatte, auf eigenartige Weise erkrankten und verfielen. Todesfälle ereigneten sich, rätselhafte Selbstmorde. Da wurde es ihm langsam klar, daß er doch wohl etwas aus den Räumen mitgenommen hatte, das den Bewohnern nachher fehlte, ohne daß sie wußten, was es war. Die Aura der Dinge war fort. Sie hatte er in sich aufgesogen und verbraucht. Wenn die Menschen zurückkehrten, war von den Dingen genommen, was sie ihren Besitzern lieb und wert gemacht hatte. Es kam kein Behagen mehr auf. Ungemütlich, kalt und abstoßend erschien ihnen fortan ihre Umgebung, obwohl alles da war, wie sie es verlassen hatten. Nur eben: es war alles leblos, die Sachen waren zu Leichen geworden, verbreiteten nicht mehr Sympathie. Unbehagen ergriff die Besitzer. Was sie sich eingerichtet hatten, damit sie sich darin wohlfühlten, stieß sie nun ab und war fremd geworden. So wurden sie krank und wußten doch nicht woran.

Diese Erkenntnis, so erzählte der Mann dem Kommissar, habe ihn dazu veranlaßt, versuchsweise einen anderen Weg zu wählen, um zur Sättigung seines Hungers zu gelangen. Er habe Bekanntschaften über Bekanntschaften geschlossen, um in fremde Wohnungen eingeladen zu werden. Wenn man zusammen mit den Besitzern in den Räumen war, trat vielleicht dieser üble Effekt nicht ein, und wenn man dabei etwa nicht ganz soviel von den Dingen in sich aufnehmen konnte, wie wenn man ganz allein war, so ließ sich doch der Mangel, so hoffte er, durch die gesteigerte Häufigkeit der Besuche ausgleichen. Aber dem war nicht so. Nur wenn er ganz allein war, floß die ersehnte Nahrung aus den Dingen. Die Anwesenheit der Besitzer versperrte jeglichen Zustrom. So hatte er, um nicht selber zugrunde zu gehen, die ungeheure Schuld auf sich genommen. Er nahm fortan in Kauf, daß die Menschen, deren Räume er heimsuchte, dem Unglück, der Krankheit, ja auch dem Tode geweiht waren. Immer wieder aber zog er in andere Städte um.

Der Kommissar, tief nachdenklich geworden, läßt nach der langen, weit über hundert Seiten langen Beichte den Mann laufen. Was soll er machen? Das ist kein Fall für die Gerichte. Er bleibt allein in seinem Hause, um morgen wieder zu seinem Urlaubsort zu fahren. Da fühlt er plötzlich, wie alles um ihn herum leblos ist, die Dinge ihn abstoßen, wie Unbehagen in ihn hineinkriecht, wie er unglücklich, vereinsamt wird. Natürlich, denkt er, die Aura. Die Aura ist fort. Der Mann hatte seinen Einbruch ja schon beendet, als der Kommissar kam. Alle Gegenstände sind hohl, wie von Termiten ausgefressen. Alles ist nur noch dünne Schale.

Der Kommissar – dem Untergang geweiht? Ist dies das Ende des Romans, fragt sich der Leser, der mit nie erlebten Gefühlen, aber in unabweisbarem Lesezwang bis hierher gekommen ist? Nein. – Der Autor gibt seinem Werk ganz am Schluß noch eine überraschende Wende. Mit der genauesten Akribie wird ein weiterer Einbruch geschildert, das Eindringen des Täters in eine Villa, sein Verweilen auf einem Sessel, um die Raumwirkung im Ganzen aufzunehmen, das Aneignen der Möbel, der Bilder, dann der Sachen in Schubladen und Schränken, dann, wie bei einem

Menü: der zweite Gang, das nächste Zimmer, und dann das übernächste, und so fort. Der Leser, geführt und angeleitet, verspürt unweigerlich das Verlangen, so etwas auch einmal auszuprobieren. Der Einbrecher verläßt das Haus, geht zur Gartenpforte, dreht sich noch einmal um, und wir erkennen, daß es der Kommissar ist, der nun mit schnellen Schritten verschwindet.

Warum habe ich das Buch nicht geschrieben? Warum ist es von ihm? Warum hat er damit diesen ungeheuren Erfolg gehabt, diesen Bestsellertaumel, die Verfilmung, die zwar mißlang? Mißlingen mußte. Das läßt sich ja nun eben nicht verfilmen, aber diese medialen Dummköpfe lassen sich von nichts abhalten. Mit einem einzigen Buch berühmt. Es hagelt Übersetzungen auf der ganzen Welt. Warum er? Dieser blasse Spund, Milchbart, Anfänger, Student! Nun kommt er. Ich habe ihn eingeladen. Ich muß nach Trier fahren, um ihn abzuholen.

Dienstag, 31.12.

Nachzutragen wäre noch, daß er pünktlich eintraf, daß ich ihn mit dem rumpelnden Transit – ein anderes Auto außer dem Lieferwagen habe ich nicht – moselabwärts, bei Trittenheim den Fluß überquerend, die enge Weinbergstraße hinauf nach Zummet brachte, Gipfel des Berges, wo ich wohne, meinen Keller habe.

Ein schmales Kerlchen, blond, etwas schüchtern, linkisch, wie der Schüler im *Faust.* »Meine Mutter wollte mich kaum entfernen; möchte gern was Rechts hieraußen lernen.« Baguette, einige Sorten französischen Käses, durchgegorenen Kabinett-Wein, das Abendessen zur Begrüßung machte Eindruck auf ihn. Eigener Wein! Welcher Autor kann schon eigenen Wein anbieten, richtigen Wein, nicht etwas betulich Gekeltertes aus Spaliertrauben an südlicher Hauswand. Traute sich am ersten Abend noch nicht, viel zu fragen, war wohl auch etwas angegriffen von der Fahrt von Bielefeld bis Trier. Zeigte ihm sein Zimmer, das ihn entzückte. Um Zehn war er schon im Bett. Ich saß noch auf, trank noch allein eine Flasche, ordnete, mich ablenkend, Unterlagen des abgelaufenen Jahres für die Steuer. Nach Mitternacht ins Bett. Unruhiger Schlaf.

Heute – Silvester – ist das Wetter weiterhin kalt und freundlich. Er kam ausgeschlafen über die Holztreppe nach unten zum Frühstück, langte zu, sprach angeregt von seinen Plänen. Angeregt? Etwas forciert, wie mir im nachhinein erscheinen will. So, als wolle er sich dazu überreden, daß alles zum Besten stünde. Der neue Roman – der zweite – nun endlich sehe er das Ufer. Diese Tage hier in Trittenheim würden ihm sicher viel bringen. Trittenheim, nicht wahr, Trittenheim sei das hier doch? Nein, verbesserte ich: Leiwen. Wir seien zwar durch Trittenheim gekommen, und die Weinberge hier unter uns gehörten zu Trittenheim, das Haus hier oben aber, auf Zummet, wie man es nennt, gehöre zu Leiwen, das dort unten links etwas verschämt liege. – Wieso verschämt? Nun, es werde dort zwar viel, aber nicht so berühmter Wein erzeugt, wie in Trittenheim. Man lebe hier etwas im Schatten des großen Nachbarn.

Jetzt wollte er, Weißbrot mit Honig und noch einmal Weißbrot mit Honig essend, mehr wissen über meinen Weinanbau, und wie ich denn dazu gekommen sei.

Ich stamme überhaupt nicht aus der Gegend, bin in Göttingen geboren und aufgewachsen, war bis über das dreißigste Lebensjahr hinaus ein absoluter Nichtkenner des Weines. Spanischen Cognac trank ich gern! Unbegreiflich heute für mich. 1966 erbte ich von einer Tante Weinbesitz in Leiwen und das Grundstück mit einem Ferienhäuschen hier oben auf Zummet. Auch die Tante, Schwester meiner 1965 verstorbenen Mutter, hatte mit Weinbau nichts zu tun gehabt. Ihr Mann, Zahnarzt in Saarbrükken, hatte das alles seinerseits geerbt und mit in die Ehe gebracht. Schon immer waren die Weinberge verpachtet gewesen. Auf dem Grundstück hier hatten sie sich das kleine Ferienhäuschen gebaut.

Die Erbschaft war der Anlaß für mich, zum ersten Mal an die Mosel zu fahren, um das alles anzusehen. Das Häuschen hier oben wollte ich auf jeden Fall behalten. Hier leben, hier schreiben, mit Blick auf die Moselschleife, Weinberge unter sich. Unausbleiblich, daß ich mich sofort für den Wein hier interessierte, ihn fabelhaft fand, überhaupt von einem Tag zum anderen ein Weintrinker wurde, gierig Kenntnisse sammelte, Jahrgang und Lage herauszuschmecken versuchte, das bedächtige Baden der Zunge mit einwärts gewendetem Blick lernte, mich in der ganzen Gegend herumreichen ließ, Kellerproben machte, in Weinverrücktheit verfiel. Was man sich dann eben so ausdenkt: alles aufgeben, hier leben, vom Weinbau leben, eigene Abfüllungen verkaufen – und schreiben. Hier oben sitzen und schreiben. Der Verleger kommt zu Besuch. Ich bewirte ihn aus eigenem Keller, wir besprechen meine Bücher, machen Spaziergänge nach Thalfang hin, in den Hunsrück hinein. Schluß machen mit der Arbeit für die Werbung, richtig leben. Nicht mehr Schaum schlagen, Wein anbauen, keltern, reifen lassen, abfüllen. Eine ehrliche Sache.

Sowas macht man entweder sofort und fast ohne Besinnung, oder man macht es gar nicht. Als ich erfuhr, daß der verpachtete Besitz in zwei Jahren frei sein würde, wenn ich die Pacht nicht verlängerte, entschloß ich mich sofort, Winzer zu werden. Winzer im Nebenberuf. Das gab es ja doch oft. Mancher arbeitete in irgendeinem Betrieb und machte dann auch noch Wein. Ein Schriftsteller, der nicht an feste Arbeitszeiten gebunden ist, mußte das doch erst recht können. Und die notwendigen Kenntnisse? Mein Gott, die ließen sich schließlich erwerben. Man müßte sich einen Winzer suchen, bei dem man hospitieren, die Grundlagen wenigstens erlernen könnte. Ich hatte einen guten Lehrmeister, das kann ich sagen, Felix Bollig aus Trittenheim, bei dem ich zwei Jahre lang immer wieder für Wochen und Monate so etwas wie ein Lehrling war. Natürlich hat er den Kopf geschüttelt, sich ganz gewiß sein Teil gedacht. Verrückt gewordener Städter, der meinte, man könne so von jetzt auf gleich, so ohne einen blassen Schimmer Winzer werden. Hopphopp im Schnellkursverfahren, als ob es nicht nötig sei, in Keller und Weinberg großgeworden zu sein. Ich war ganz schön aufgeblasen, lieber Gott, wenn ich das heute bedenke. Jeder, der mich hörte, mußte mich auslachen. In Leiwen lachte man mich aus, nicht zu knapp. Der Pächter nahm die Kündigung des Vertrages zwar mit Gelassenheit hin. Der eine Hektar im Laurentiuslay kratzte ihn nicht. Aber was ich denn selber damit anfangen wolle, das würde er doch gern mal wissen. Um vom Ertrag eines Hektars zu leben, darf man den Wein nicht im Fuder verkaufen, sondern muß ihn in Flaschen vermarkten, weil überhaupt nur das halbwegs etwas bringt. Für den Fuderverkauf braucht man einfach viel mehr Hektoliter Wein, um auf seine Kosten zu kommen. Na klar, ich wollte ja auch nur Flaschen verkaufen, mit eigenem Etikett, geschmackvoll, gediegen, exklusiv. Jahaha! Wenn du eine bekannte Lage besäßest. Trittenheimer Apotheke, Trittenheimer Altärchen! Wissen Sie denn überhaupt, wieviel Flaschen so ein Fuder Wein hat? 1000 Liter ergeben bei der damals noch allgemein üblichen 0,7 Literflasche um die 1400 Flaschen. Da finden Sie mal Kunden für, und Sie machen ja doch wenigstens sechs bis sieben Fuder. Haben Sie so viele Bekannte und Freunde?

Ich ließ mich nicht beirren. Ich steckte alle Ersparnisse in mein Projekt, machte obendrein noch Schulden. Ich baute hier auf Zummet einen Weinkeller neben dem Häuschen. Heute steht darüber das neue Haus. Hier oben einen Weinkeller in den Berg graben! Da lachte mich jeder aus. Ich wollte aber nur hier oben sein. Unverbesserlicher Romantiker! Die gefühlvollen Weinbücher von Weinfreunden über den Wein, die ich zuerst verschlungen hatte, legte ich bald beiseite, beschaffte mir Fachliteratur. Das bacchantische Rebensaftschwelgen vergeht dir dann bald. Wissenschaft des Anbaus, der Pflege, der Veredelung, der Düngung, des Spritzens. Die Kellertechnik, die Chemie! Der Wein, die natürlichste Sache von der Welt? Uraltes Kulturgut seit den Anfängen der Menschheit? Sicher. Aber was man heute trinkt, hat mit dem, was die Römer hier herstellten, so gut wie nichts mehr gemein. Oder die mittelalterlichen Weine – wer würde die heute noch trinken mögen? Man wird ganz schön ernüchtert, wenn man dauernd die Nase im Wein hat. Es geht eben alles nicht mit Gefühl, Geschmack und irgendwie, sondern streng und genau und mit kleinlich-peinlicher Sauberkeit. Ein unsauberes Faß, eine nicht pedantisch gereinigte Abfüllmaschine, eine Nachlässigkeit beim Schwenken des Leergutes, und deinen Wein kannst du vergessen.

Die 1968er Ernte war die letzte des Pächters. Da hatte ich Glück. Ein mäßiger Jahrgang. Das wäre kein toller Start für mich gewesen. Ich übernahm den Weinberg zum neuen Jahr, in gutem Zustand, gottseidank, ja, sonst hätte ich es nicht wagen dürfen. Eine neue Bepflanzug hätte ich nicht verkraften können. Aber Felix Bollig, mein guter Stern, hatte die Rebstöcke inspiziert, für gut befunden. So fing ich an, immer wieder unterstützt von ihm, immer wieder Rat und Hilfe holend. Der 69er war ein sehr guter und reichlicher Jahrgang. Viele Spätlesen. Mein Grundstock. Bei einer Mißernte wäre ich baden gegangen. Ich habe natürlich im ersten Jahr nur wenig verkauft, war oft in Versuchung, ganze Fuder im Faß wegzugeben. Glücklicherweise blieb ich standhaft, erhielt mir so ein hübsches Flaschenkapital, das an Wert zulegte. Ich konnte noch 69er liefern, als alle anderen keinen mehr im Keller hatten.

Sehr geholfen haben mir letztlich ein paar Artikel in Zeitschriften und Illustrierten, einer im Playboy. Interview mit einem Schriftsteller-Winzer. Das machte mich in bestimmten Kreisen interessant. Auch daß ich mich auf durchgegorene, also, wie man heute, in Anlehnung ans Sektvokabular sagt, trockene Weine warf, wo damals noch überall stolz mit Süße geprahlt wurde, war richtig. Dem Trend voraus.

Alles in allem: ich kann davon leben, habe eine Grundlage, brauche keine literarischen Brotarbeiten zu machen, bin vor allem diese bescheuerte Werbung los und das meuchelmörderische Fernsehen. Angestellte? Nein, ich mache das meiste allein, hole mir natürlich bei manchen Arbeiten Hilfe, sonst käme ich nicht durch. Billige Kräfte. Tarifverträge? Da kann man nur lachen. Hier würde kein Wein mehr angebaut, wenn die Gewerkschaften zu bestimmen hätten.

Ein ruhiger Tag. Mein Gast machte allein einen Spaziergang, saß dann einige Stunden über seinem Manuskript. Er hat nicht getippt. Ich habe nichts gehört. Er schreibt nur mit der Maschine, hat er gesagt. Hat auch eine mitgebracht. Also hat er nichts geschrieben heute. Scheint wohl festzusitzen. Sagt nichts darüber. Er ist still und freundlich. Nach der Fleischfondue am Abend sitzen wir bei 76er Auslese bis Mitternacht beieinander. Reden über Wein, hauptsächlich Technisches. Ich erkläre, er hört zu. Die Silvesterraketen unten im Tal und auch hier auf der

Höhe. Jede Ortschaft schießt sich in die Luft. »Toll!« sagt er, »toll.«

Mittwoch, 1.1.
Wieder klares, kaltes Wetter. Er kommt etwas angeschlagen herunter. Wahrscheinlich hat er den vielen Wein doch nicht vertragen. Kopfschmerzen dürfte er nicht haben. Nein. Nach meinen Weinen keine Kopfschmerzen. Aber es waren lauter 76er Sachen, die wir getrunken haben. Was für ein Jahrgang! Etwas mitgenommen kann man schon sein am nächsten Tage nach solch intensivem Genuß. Nein, Kopfschmerzen hat er nicht, überhaupt keinen Kater, wie er versichert. Er ist nur allgemein sehr niedergeschlagen. Hat schlecht geschlafen.

»Werden Sie mir sehr böse sein, wenn ich vorzeitig wieder abreise?«

»Wieso das? Gefällt es Ihnen nicht? Haben Sie es sich anders vorgestellt?«

»O nein, das ist es nicht. Es gefällt mir hier großartig. Wenn ich etwas ausspannen wollte, könnte ich mir nichts Besseres denken. Ich kann nur nicht arbeiten. Ich komme nicht weiter. Und nachts rege ich mich darüber auf. Das ist dumm von mir, aber ich kann nichts machen.«

Er hat sich das nun mal in den Kopf gesetzt: im Herbst muß das Buch erscheinen. Jetzt hat das neue Jahr begonnen, und viel Zeit bleibt nicht mehr. Er hat schon einmal verschoben. Jetzt will er sich keine Frist mehr gönnen. Ich versuche, ihm klarzumachen, daß er mit diesem nervösen Zwang die Blockade in seinem Kopf nur noch verstärkt.

»Das mag sein«, gibt er zu, »aber ich will mir nur noch einen Tag gönnen. Wenn ich heute nicht über den Berg komme, werde ich morgen fahren.« Entschlossen sagt er das nicht, eher bedripst, wie einer, der ein schlechtes Gewissen hat. Schaut mich an mit Hundeaugen.

»Nein«, sage ich, »das ist verkehrt. Der heutige Tag ist nicht viel wert. Da sollten Sie nur spazierengehen und an gar nichts denken. Loslassen. Überhaupt nicht mehr um das Buch kümmern. Wenn dann morgen immer noch keine Zeile kommt, dann reisen Sie eben in Gottes Namen am Freitag. Bloß nicht morgen! Wenn Sie das tun, bin ich Ihnen richtig böse. Sie müssen mir versprechen ...«

»Gut«, sagt er, »ja, gut.«

Das wäre abgewendet. Wie mich der Schreck überfiel. Ich glaube fast, meine Hände haben gezittert. Wenn er vorzeitig abreisen will, ruft er seine Eltern an. Bis jetzt hat er sie erst zweimal angerufen. Nach der Ankunft: um zu melden, daß alles glatt gegangen sei, dann gestern nach zwölf Uhr, um prosit Neujahr zu sagen. Von Abreiseplänen hat er da noch nichts gefaselt. Ich habe daneben gestanden. Ich wüßte es.

Abhängigkeit von den Eltern. Da steckt natürlich auch ein Grund für sein Festsitzen. Er hat ein schlechtes Gewissen, vermute ich, daß er zum Jahreswechsel zu einem wildfremden Mann gefahren ist, statt daheim zu bleiben. Eine Flucht war es, aber nun haben sie ihn schon wieder eingeholt. Er lebt bei seinen Eltern in Bielefeld. Er hat sich noch nicht gelöst. Zwei Semester war er in München. Nach dem Erfolg seines Romans hat er das Studium aufgegeben, will jetzt als freier Schriftsteller leben. Er möchte wieder nach München ziehen. Den Eltern, der Vater ist Finanzbeamter, Leiter eines Finanzamtes, glaube ich, hat das noch nicht so recht eingeleuchtet. Erst mal abwarten, ob der Erfolg sich fortsetzt. Daher wohl auch der Drang, sich mit einem zweiten Buch zu beweisen.

Nein! Er darf nicht fahren! Auch übermorgen noch nicht. Es müßte heute geschehen, aber das kann ich noch nicht. Ich brauche noch etwas Zeit. Heute nacht? – Unmöglich! Heute nacht noch nicht. So war das nie geplant. So habe ich mir das nie vorgestellt. Ich brauche diese ganzen vierzehn Tage, um mich langsam dem Augenblick zu nähern, mich ihm schreibend zu nähern. Darauf kommt es an.

Während ich hier sitze und schreibe, ist er draußen auf einem Spaziergang. Gute Gelegenheit, an dieser Stelle meinen Plan niederzuschreiben, den ich bisher nur im Kopf trage. Ich habe versucht, es schon vorher zu tun, am Montag etwa, dem Tag seiner Ankunft. Jetzt schreibst du es auf, sagte ich mir. Hier müßte man erfahren, was ich vorhabe; immer vorausgesetzt, ich halte mich auch später noch an die Abfolge des Tagebuches. Es ging nicht. Ich war einfach außerstande, diese paar einfachen Sätze, die ich mir längst zurechtgelegt hatte, niederzuschreiben, während er drüben in seinem Bett lag. Habe ich Angst, daran zu denken, so intensiv daran zu denken, wie man das denkt, was man aufschreibt? Sollte das, habe ich mich besorgt gefragt, ein Anzeichen dafür sein, daß ich überhaupt nicht in der Lage sein werde, auszuführen, was ich mir vorgenommen habe? Inzwischen habe ich diese Befürchtungen nicht mehr. Ich weiß, daß ich werde handeln können, wenn es soweit ist. Handeln ja, schreiben schlechter. Es scheint mir nun fast so, als fürchte ich, das Schreiben darüber könnte meine Entschlossenheit aufweichen. *Des Gedankens Blässe* – das Hamlet-Syndrom. Bloß nicht! Um des Schreibens willen wird das Ganze ja nur arrangiert.

Ich werde ihn umbringen. – Ich habe ihn eingeladen, um ihn umzubringen. Ich werde meinen Mord schildern – etappenweise: die Zeit vor der Tat, die Tat, die Zeit danach. Fast zwei Jahre habe ich an diesem Plan gearbeitet. Kurz nach dem raketenhaften Aufstieg von *Räuber des Behagens* habe ich zum ersten Mal mit dem Gedanken gespielt. Der Neid, dieser Fehldeutung muß ich vorbeugen, ist nicht die wesentliche Triebfeder meines Entschlusses. Natürlich habe ich ihn beneidet, beneide ihn noch. Wie sollte es mich nicht wurmen, daß meine Bücher nie einen so durchschlagenden Erfolg gehabt haben. Besonders mein drittes *Tore im Schatten* ist wenigstens so gut wie sein *Räuber des Behagens.* Ein paar gute Kritiken, aber schleppender Verkauf. Deshalb jemanden umbringen? Was würde ich davon haben? »Du mußt mal irgendwas machen, um bekannt zu werden«, hatte ein Freund zu mir gesagt. »Bring jemanden um. Dann kaufen alle deine Sachen.« Wen sollte ich umbringen? Einen allgemein verabscheuten Menschen? Wer ist das? Ein Tyrann, von dem man das Land befreien kann, ist nirgends in Sicht. Außerdem kommt man an solche Leute kaum ran. Oder einen allseits beliebten und geschätzten? In diese Richtung geht es schon eher. Man muß dabei in Kauf nehmen, daß es Leute gibt, die dann trotzdem aus Widerwillen nichts von einem lesen wollen. Aber eine Tat, so unbegreiflich sie auch sein mag, wird dennoch faszinierend, wenn man sie gleichzeitig beschreibt. Das Sensationsverlangen der Menschen setzt sich über jeden guten Geschmack hinweg. Ein Autor, sagte ich mir damals, ein erfolgreicher und geschätzter Autor eignet sich gut für ein solches Experiment. Spielerisch dachte ich darüber nach, wen man wohl nehmen könnte. Simmel? Grass? Handke? Nein, nein. Eine gewisse persönliche Motivation mußte nun doch schon dazukommen. Lange dachte ich nicht mehr daran. Dann plötzlich, als in meinem Verlag, da, wo alle meine Bücher erschienen waren, dieser Glückspilz emporschoß, da hatte ich meinen Mann. Nun ließ mich der Gedanke nicht mehr los.

Carl Ludwig Sand hatte 1819 eine schöne Gelegenheit einfach verschenkt. Er mordete den eitlen Kotzebue aus rein patriotischen Motiven. Damit ist er, sein Name in die Geschichte eingegangen. Man sagt *Kotzebue* und man sagt gleich hinterher *Sand.* Ein Nichts, dieser Bursche. Von edler Gesinnung, wie damals manche meinten, aber sonst nichts. Er hätte einen Roman schreiben sollen über seine Tat. Damit hätte er den Kotzebue wirklich bezwungen. Aber er brachte ihn nur um. Das ist sein ganzer Ruhm. Mir wäre das zu wenig. Die Ermordung eines Schriftstellers ist nur zu rechtfertigen, wenn daraus ein Werk entsteht, dessen Weg man im Zuchthaus über Jahre hin verfolgen kann. Die Aussicht auf eine spätere Begnadigung besteht ja nun gottlob. Verurteilt, Kopf ab, wie bei Sand, das gibt es ja nicht mehr. Mit solcher Hoffnung läßt sich leben. Ich weiß nicht, wie lange der Erfolg eines derartigen Buches vorhalten würde. Es kommt schon auf seine Qualität an. Einerlei aber, wie schlecht es auch ist, schnelle Berühmtheit erlangt man damit. Ob Ruhm? Ob Dauer? Darauf kann niemand spekulieren. Es ist mir egal. Berühmtheit, Bekanntheit. Ein schnelles, aber grelles Aufleuchten, das würde mir schon genügen. Ich werde ihn ermorden. Ich bin ganz nah herangerückt an den Augenblick. Ich werde ihn ermorden. Hier steht es jetzt, zum ersten Mal schriftlich verfaßt. Und meine Entschlossenheit hat zugenommen. Das Aufschreiben war also nicht hinderlich. Im Gegenteil. – Neue Erfahrung.

Nun bereitet es mir auch Vergnügen, die genaueren Modalitäten des Plans zu nennen, deren ich mich bislang immer etwas schämte. Der Leser, jetzt denke ich an ihn, wie sein Auge über diese Zeilen gleitet, die der Kugelkopf der IBM-Maschine auf das Papier rüttelt. Schnell! Schreib weiter! Zier dich nicht lange! Wir wollen wissen, wie du das machen willst. Da oben einen umbringen. Und dann? Verstecken, vergraben? Und die Polizei? Soll es ihr verborgen bleiben, soll sie es erfahren? Geduld! Das koste ich jetzt aus.

Ich verwende nur Holzfässer. Sie sind nicht vorteilhaft, aber romantisch. Es vergeht ja jedem die Lust am Wein, wenn er sich die riesigen Edelmetalltanks in Großkellereien ansieht. Man denkt immer an Holzfässer, wenn man Wein trinkt. Ein Faß Wein im Keller! Es gibt noch immer Leute, die glauben, die Weinflasche sei ein Notbehelf. Am natürlichsten und schönsten sei es, den Wein aus dem Faß in einen Krug zu zapfen und dann zu trinken. Daß der Riesling für seine Vollendung die Reifung auf der Flasche benötigt, ist noch längst nicht allen klar. Daß man nach einer Kellerprobe die Fässer wieder auffüllen muß, erstaunt manchen. Man weiß überhaupt nichts, aber man ist voll romantischer Gefühle. Aber auf die muß man Rücksicht nehmen. Als ich damals meinen Keller baute und Fässer anschaffen wollte, riet man mir zu Kunststofftanks oder auch zu preisgünstigen Betonbehältern, die mit Epoxidharz ausgekleidet sind. Man schafft sich doch keine Holzfässer an, wenn man sich neu einrichtet! Ich habe trotzdem Holzfässer angeschafft, manche günstig, bei Winzern, die welche rauswarfen und durch Tanks ersetzten. Alles wegen der Romantik der Leute. Mein Haus, mein Keller liegen hier oben so verlockend schön zwischen Ginsterbüschen, daß mich oft Kunden an Wochenenden besuchen, sich Wein holen, nachdem sie am Abend eine Kellerprobe gemacht haben. Sie übernachten im nahen Zummethof oder in meinen Gästezimmern. Tanks würden sie alle mißtrauisch machen. Holzfässer, Weinbereitung nach alter Väter Sitte, das will man hier genießen. Rainer Meusel, guter alter Freund von mir aus Studententagen, der meine Weine von Anbeginn sammelt, weint über jedes Stück Technik, das ich mir zur Arbeitsersparnis zulege. Eine automatische Abfüllmaschine, die ich mir vor einem Jahr kaufte, hat ihn sehr traurig gemacht. Die Holzfässer, ja die Holzfässer werde ich behalten müssen, auch wenn sie mühsamer zu reinigen sind. Man muß zu diesem Zweck durch eine schmale Öffnung an der Vorderseite in sie hineinkriechen. Ich passe da nicht durch. Muß mir immer einen schmächtigen Mann dafür besorgen.

Nein, ich bin nicht abgeschweift. Das mit den Fässern gehört hierher. Ich werde nämlich meinen jungen, schmalen Dichter, nachdem ich ihn mit dem Schlag eines schweren, umwickelten Hammers auf den schlafenden Kopf getötet habe, in ein leeres Faß stecken. Faß Nr. 3. Das wird geopfert. Für eine gewisse Zeit wird er sich dann darin aufhalten, konserviert durch Alkohol. Nicht in Wein wird er eingelegt, sondern in Trester. Von diesem Zeug, das ich selber nicht mag, aber von diesem oder jenem Kunden geschätzt wird, habe ich zur Zeit etliches liegen. In Literflaschen. Ein aus Rückständen beim Keltern gebrannter Schnaps. Man läßt ihn brennen, hat keinen Einfluß drauf, wie das Zeug wird. Mir ist es meist zu fuselig. Ich werde also die Flaschen einzeln aufziehen und ins Faß kippen, auf den Dichter. So wird er sich eine Weile halten. So lange, wie ich brauche, um das Buch über diesen Mord abzuschließen. Ich werde meine Gefühle, besonders die nach der Tat, sehr aufmerksam beobachten und beschreiben. Sein plötzliches Verschwinden ist leicht zu erklären. Er sei abgereist, werde ich sagen, vorzeitig abgereist, weil er nicht vorwärtskam mit seinem Roman. Wohin? Ich nehme doch an, nach Hause. Da ist er nicht angekommen? Das ist ja seltsam. Mit weiteren Auskünften kann ich nicht dienen. Es könnte sein, daß dann eine Anzeige aufgegeben wird. Es könnten Beamte zu mir kommen, mich ausfragen, weil ich ihn als letzter gesehen habe. In Verdacht werde ich da ja kaum kommen. Seine Sachen lasse ich verschwinden. Warum in aller Welt soll ich ihn auch umgebracht haben?

Ich werde den ganzen Januar und wohl auch noch den Februar brauchen, um mein Werk zum Abschluß zu bringen. Dann schicke ich ein Exemplar an den Verleger und eins an die Staatsanwaltschaft. Der Verleger wird peinlich berührt sein. Eine

Geschmacklosigkeit! Was habe ich denn da mit seinem Erfolgsautor angestellt? Angesichts der Tatsache, daß der junge Mann noch immer spurlos verschwunden ist, kann man wirklich nur von höchst makabrem Humor sprechen. Er wird mir das Ganze einfach nicht glauben. Der Staatsanwalt wird natürlich Nachforschungen anstellen lassen. Man wird hier oben ankommen. Polizei. Blaulicht. Ich werde die Wagen schon lange vorher unten auf der Straße sehen. Ich male mir das aus und bin ganz ruhig dabei. Sie kommen die Serpentinen hinauf. Das Blaulicht flackert zwischen den Rebstöcken. Sie finden das Haus nicht auf Anhieb, machen Halt am Zummethof, erkundigen sich im Restaurant. Dann, langsam, fahren sie hintereinander den schmalen Weg bis zum Haus. Ich erwarte sie schon an der Tür. Wir gehen in den Keller zu Faß Nr. 3. Ich lasse den Trester abfließen, öffne das Faß. Bittesehr! Da ist er!

Er stapft vor der Haustür. Trampelt sich den Schnee von den Schuhen. Er ist zurück.

Donnerstag, 2.1.
Tauwetter. Über Nacht hat es noch ein wenig geschneit. Nun ist es merklich wärmer. Der Schnee schmilzt.

Wegen des Besuchs war ich bisher noch nicht zur Lektüre des neuen *Spiegel* gekommen. Heute morgen, früh wach, las ich einen Bericht von Tiziano Terzani über seine Begegnungen mit Japan und den Japanern. *In Japans Mitte liegt die Leere* ist er überschrieben. Darin die Stelle:

Einer der Bestseller des Jahres ist das Buch »Im Nebel«, 200 000 *Exemplare wurden verkauft. Der Verfasser, Issei Sagawa, hatte* 1983 *in Paris seine holländische Freundin erschossen, die Leiche im Kühlschrank aufbewahrt, um täglich ein Stück von ihr zu verspeisen.*

Die Franzosen schickten den Täter nach Japan zurück, die Japaner ließen ihn im Sommer frei. »Er ist schließlich nicht hinter Japanerinnen her. Nur westliche Frauen in Japan sollten auf der Hut sein«, sagt dazu Susuma Oda, Professor für geistige Hygiene an der Universität Tsukuba. Ein literarisches Magazin hat Sagawa interviewt. Auf die Frage, was ihn in seinem Leben am meisten beeindruckt habe, hieß seine Antwort: »Die Märchen der Brüder Grimm. Besonders Rotkäppchen«.

Es klingt wie erfunden. Schlecht erfunden. Unwahrscheinlich. Aber es steht da, neben anderem, das ganz einleuchtend klingt. Hoffentlich lesen das nicht zu viele Leute. Hoffentlich wird dieser Bestseller nicht auch noch ins Deutsche übersetzt. Die Kritik wird mir vorwerfen, daß ich einen Japaner imitiert habe. Soweit ist es mit der deutschen Literatur gekommen! Sie muß Japan nachäffen! Dummes Zeug! Mein Fall liegt völlig anders. Ich werde zwar ebenfalls eine Leiche konservieren, aber nicht im Kühlschrank. Auch habe ich nicht die Absicht, sie zu verspeisen. Ich bin kein Kannibale.

So sehr ich mich darüber ärgere, daß ich nicht der einzige sein werde, der aus einem echten Mord literarisches Kapital schlägt, tröstet mich immerhin die Tatsache des japanischen Erfolges. Ich liege also nicht ganz falsch mit meiner Idee.

Wieder hat er eine schlechte Nacht gehabt. Schlaflosigkeit. Ob er überhaupt nicht geschlafen hat oder nur eine gewisse Zeit nicht, frage ich ihn besorgt. Leichter Schlaf zwischendurch, sagt er, aber immer wieder Erwachen und lange Spannen quälenden Liegens.

»Sie werden morgen ein sehr gutes Schlafmittel nehmen, damit Sie endlich einmal durchschlafen. Ich habe eins im Hause, das Ihnen wirklich helfen wird.«

Er hat etwas gegen Schlafmittel. Ich im Prinzip auch, aber es gibt Fälle, nicht wahr, wo man sich ihrer bedienen muß. Er sieht das ein. Heute abend also ein Schlafmittel, ja.

Das Thema Schlaflosigkeit bringt mich auf die Sexualität. Bei mir, erkläre ich ihm, ist Schlaflosigkeit immer ein Zeichen dafür, daß ich unbedingt mal wieder eine Frau brauche. Das Schlafmittel also nehme ich nur, wenn ich so schnell keine kriege, aber am nächsten Tag ausgeschlafen sein muß. Höchstens zwei Nächte hintereinander nehme ich das Schlafmittel, dann sorge ich für natürliche Abhilfe. Nein, mit Frauen kann das bei ihm nicht zu tun haben, meint er. Er leidet öfter mal an Schlaflosigkeit, auch wenn er mit seiner Freundin zusammen ist.

Eine feste Freundin, erkläre ich ihm, habe ich nicht. Von vornherein habe ich Verhältnisse strikt in ihrer Dauer und ihrem Umfang begrenzt. Während der Zeit, in der ich für die Werbung arbeitete, ergab sich das fast von selbst. Zu einem besonderen Sport wurde es während meiner Tätigkeit als Regisseur für Werbespots bei der *Markenfilm* in Hamburg. Wenn eine neue Darstellerin ins Studio kam, die werben sollte für Shampoo oder Sekt oder Kaffee, wettete ich mit dem Kameramann, daß ich sie am zweiten Abend der Dreharbeiten im Bett haben würde. Es gelang fast immer. Der Kameramann und ich bewohnten zwei nebeneinander gelegene Appartements. Wir hatten ein Loch in die Wand gebohrt, durch das er auf mein Bett schauen konnte. So war der Beweis immer zu erbringen. Er zahlte gern die verlorenen Wetten, denn ihm selber lag nicht viel an der direkten Berührung mit Frauen. Er stand am Loch, schaute zu und holte sich einen runter. Klassischer Voyeur. Verrückte Zeit! Nackte Frauen im Studio gab es damals noch höchst selten. Die Filmprüderie war erst allmählich im Abklingen begriffen.

In dem Zusammenhang fällt mir eine Geschichte ein, die ich mal in einem Fernsehstudio erlebte. Ich erzähle sie ihm, um ihn etwas aufzuheitern.

Ich hatte den Drehbuchentwurf geliefert. Völlig blödsinnige Story, die ich heute fast völlig vergessen habe. Aber eine Traumszene war darin, die ein technischer Knüller werden sollte, und als sie gedreht wurde, kam auch ich ins Studio. Da träumte eine Frau nachts in ihrem Bett, daß ihr Freund sich in ein Ungeheuer verwandelte und sie nackt durch die Straßen trieb, wobei ihr plötzlich phantastische Kräfte erwuchsen, die es ihr ermöglichten, an Gebäuden hochzuklettern und über Straßenzeilen hinweg von Giebel zu Giebel zu springen. Allerdings folgte ihr der entfreundete Unhold überallhin, ja er holte ihren Vorsprung immer mehr ein. Ich weiß nicht einmal mehr, wie der Traum dann endete. Diese Verfolgungsszene wurde im Fernsehstudio gedreht in der damals noch ganz neuen Blue-box-Technik. Belebte Straßen, Gebäude, Häusergiebel hatte man vorher auf Filmmaterial gedreht und auf Band überspielt. Die beiden Darsteller sollten nun nachträglich und zusätzlich ins Bild gebracht werden. Zu diesem Zweck bewegten sie sich im blau ausgekleideten

Studio, und die Kamera nahm das umgebende Blau einfach nicht auf, stanzte es weg, so daß nur die Personen blieben und an die Stelle des Blaus die Straßen und Gebäude aus dem Film traten. So sollte es dann aussehen, als klettere die Frau an einer Fassade hoch, während sie im Studio blaue Podeste erklomm, die natürlich an der richtigen Stelle stehen und die richtige Höhe haben mußten. Eine langwierige Arbeit. Es wurde ewig herumprobiert, ehe man die Darsteller holte. Endlich kamen sie, lange ersehnt vom erwartungsfrohen Team: die nackte Frau, noch Pantoffel an den Füßen, in einen roten Bademantel gehüllt, und das Ungeheuer, auch im Bademantel, das Gesicht mit hautfarbenen, wulstigen Gummiteilen zur scheußlichen Fratze verklebt, eine Maske, die angewidert bestaunt und gelobt wurde. Aber nun wurde der Aufnahmeleiter energisch. Jeder, der für die Aufnahme entbehrlich war, wurde vor die Tür gesetzt. Man duldete keine Voyeure. Ich als Autor durfte bleiben. Es war aber gar nicht so einfach, sich der Schaulüsternen zu erwehren. Irgendwie mußte sich die Nachricht, es gäbe eine nackte Frau zu sehen, im ganzen Haus verbreitet haben, und da man das Studio von verschiedenen Seiten und auf mehreren Ebenen betreten konnte, tauchten allenthalben Unbeteiligte auf, um mal eben reinzuschauen und ein Äuglein voll nackte Frau zu erhaschen. Auf der umlaufenden Beleuchtergalerie, hinter Scheinwerfern, hatten sich wenigstens zehn oder elf versteckt und flatterten auf, als der Sittenwächter dort erschien. Dafür aber drückten sich dann wieder drei hinter dem blauen Vorhang herum. Verschließen konnte man die Türen aus Sicherheitsgründen nicht, und so viel Personal, um vor jeder einen Wächter zu postieren, hatte man auch nicht. So waren der Aufnahmeleiter und sein Assistent fast ununterbrochen auf Streifzügen unterwegs.

Endlich entkleidete sich die nackte Frau. Sie war fein rosig. Geschminkt und rosig. Sie stand auf einem Podest, von dem sie auf ein anderes springen sollte. Auch der entmenschte Freund hatte den Bademantel abgelegt. Jetzt sah man, daß er mit langer, zottiger Behaarung versehen war. Das Problem seines Geschlechtsteils war auf diese Weise auch gleich dezent gelöst, ohne daß man da unten etwas vermissen oder der Unhold ein unpassendes Höschen tragen mußte. Es dauerte noch eine ganze Weile, bis die nackte Frau zum Sprung ansetzen durfte. Immerzu hatte man wieder ein neues technisches Problem. Man hatte Muße, die Dame ausgiebig zu betrachten, in natura und als Bild auf den zahlreichen, im Studio herumstehenden Monitoren. Man konnte sie ansehen, bis das nichts mehr brachte, und man sehnsüchtig auf Bewegung wartete.

Und wirklich, die Bewegung brachte etwas. Der Sprung von einem Giebel zum anderen: mein Gott, wie die Brüste wackelten!

»So geht das nicht!« rief der Regisseur.

Die Frau sollte jetzt so springen, daß sie am Zielpunkt der Kamera den Rücken zukehrte, damit die an der Vorderfront stattfindende Hüpferei nicht zu sehen war. Weitere, wenig überzeugende Sprungversuche. Wenn sie so landete, wie der Regisseur sich das dachte, sah der Sprung einfach unmöglich aus, und wenn er überzeugend wirkte, dann sah man den Busen wackeln. Dem Regisseur paßte das nicht. Ich weiß nicht, warum. Es entsprach nicht seiner künstlerischen Vorstellung. So ein Quatsch, dachte ich. Erst findet man es riesig toll und mutig, daß man eine nackte Frau im Fernsehen zeigt, aber dann darf sie nicht mit den Brüsten wackeln, weil das nun wieder zu sinnlich ist und von der Aussage ablenkt. Diese typischen Halbkühnheiten.

Der Regisseur grübelte nach, die nackte Frau zog erstmal ihren Morgenrock wieder an. Und dann kam der erlösende Einfall, und Jubel verbreitete sich im Studio: slow-motion! Ja! Wir machen es mit slow-motion! Ist die slow-motion frei? Sofort nachfragen. Slow-motion, eine Aufnahmetechnik, die den Zeitlupeneffekt durch beschleunigten Lauf bei der Aufnahme ermöglicht. Alle Bewegungen bekommen etwas Schwebendes, Gedehntes, Unwirkliches, und genau das entsprach doch der Traumsituation, oder nicht? Na klar! Fabelhaft! Nach etwa halbstündigem Warten stand das Trickgerät zur Verfügung, und der Sprung wurde erneut probiert. Jetzt konnte man die nackte Frau beliebig langsam von einem Hausgiebel zum anderen schweben lassen, und die Brüste hoben und senkten sich bei der Landung weich und fließend. Das war es! – Und da der Slow-motion-Techniker ein Witzbold war, ließ er den langsamen Sprung gleich noch einmal rückwärts laufen. Und nun sah man dies auf den Bildschirmen: Erst hoben und senkten sich die Brüste wie sanfte Flügelschläge, und das hatte zur Folge, daß die Frau sich erhob und rückwärts davonflog. Wir lagen am Boden vor Lachen. Auch aus der kleinen Kantine gegenüber dem Studio drang wildes Gewieher, das sofort den Aufnahmeleiter anlockte. Dort saß die ganze Voyeurblase vor dem Monitor, der dort wie immer stand und lief. Daran hatte der eifrige Mann nicht gedacht. Er war wütend, und als man ihn auslachte, wurde er noch wütender. Selbstverständlich ließ er das Gerät sofort entfernen, um die Öffentlichkeit von weiteren Busenbewegungen auszuschließen.

Zum Abendessen serviere ich einen schlichten, aber schmackhaft-saftigen Nudelauflauf mit viel Holländer Käse. Er hat tagsüber nun endlich etwas geschrieben, ist ein paar Seiten vorangekommen. Guter Laune langt er zu. Leibgericht aus Kindertagen. Noch heute kann er kaum genug davon kriegen.

Er kommt auf meine Geschichten vom Vormittag zurück. Wie ich denn überhaupt zur Werbung gekommen sei?

Aus Trotz, sagte ich. Aus Trotz und Opposition. Ich stamme, das erzähle ich mit einer gewissen Ausführlichkeit dem Nudelesser, aus einer Pastorenfamilie. Mein Vater war Generalsuperintendent in Göttingen. Ein angesehener Mann, ein gewaltiger Prediger. Daß ich auch einer werden würde, stand für mich außer Frage. Bis zu meiner Konfirmation, die kurz nach dem Kriege stattfand, war ich ein frommes, gottesfürchtiges Kind. Herrlich diese Gottesdienste nach dem Einmarsch der Amerikaner! Diese kniefällige Dankbarkeit aller, daß der Herr sich erbarmt und der Naziherrschaft ein Ende bereitet hat! Es war ein guter Boden für reuige Gläubigkeit. Hochkonjunktur für geistliche Erbauung. Ich würde Theologie studieren, das stand für mich fest. Ich entwarf Predigten und schlüpfte oft in den Talar meines Vaters, übte seinen Gang, wie er zu Orgelklängen und Gemeindegesang aus der Sakristei trat, am Altar vorüberschritt, zur Kanzeltreppe einschwenkte, würdig hinaufstieg, oben einen Kniefall tat zu kurzem, kräftigem Gebet, um dann »In dem Herrn – liebe Gemeinde«, mit der Predigt zu beginnen. So war ich brav noch ein ganzes Jahr über meine Konfirmation hinaus.

Eines Tages entdeckten meine Eltern in meinem Pult ein paar Hefte mit Bildern leichtbekleideter Damen. Nichts richtig Nacktes, das gab's noch nicht zu kaufen damals. Ich hatte sie mir in einem Anfall von wahnwitziger Geilheit von meinem Taschengeld am Kiosk gekauft. Gute Wichsvorlagen, brauchbare Stimulantien. Jetzt war ich nicht mehr nur auf meine Phantasie angewiesen. Eines Tages waren sie weg. Einfach weg. Und keiner sagte was dazu. Ich wurde nicht zur Rede gestellt. Er wählte, so rekonstruierte ich die Sache später, einen anderen Weg, der für ihn selber nicht so peinlich war. Denn wenn ich ihn auch einmal, als er sich unbelauscht glaubte, hinterm Fenster beim Anblick der vorbeigehenden Gemeindehelferin hatte lüstern schnalzen hören, so sprach er doch nie ein einziges Wort über Sexualität. Wir hatten einen jungen Kandidaten im Haus, dem wir freie Unterkunft gewährten, damit er sein Studium in Ruhe abschließen konnte. Der machte sich nun plötzlich an mich heran. Das heißt, er war mir natürlich auf die Fersen gesetzt worden, damit er ein wohlgefälliges Werk an mir tun und sich als junger Seelsorger bewähren konnte. Eines Abends, der mit Plauderei begonnen hatte in seiner Stube, brachte er die Rede in weit ausholendem Bogen auf Mädchen, Frauen, Sexualität und Onanie, und als ich errötete, da hatte er mich. Ja, ja, das war auch mein Problem. Ich wußte, daß man es nicht tun sollte, aber ich tat es. Sollte man es eigentlich wirklich nicht tun? Ich war mir nicht ganz im klaren, wollte mir nicht ganz im klaren sein. Damit war nun Schluß. Er sagte mir, daß Gott, daß Jesus das ganz und gar nicht guthießen. Vom heiligen Geist sprach er nicht, aber ich nehme an, daß der sicher auch etwas dagegen hatte. Die drei waren sich ja immer einig. Damals nahm ich das aber ernst. Ich war wirklich schwer zerknirscht, verfluchte die schweinischen Heftchen und nahm seinen Rat an, immer gleich zu Gott zu beten, oder auch zu Jesus, einerlei, wenn es wieder mal über mich gekommen sei. Nur nicht abwenden von Gott, nur nicht glauben, daß er einen nun endgültig nach so vielen Rückfällen in die Sünde verworfen habe. Immer wieder beten! Immer wieder beten! Der einzig richtige Weg. Na schön. Er war ein junger Mann, hatte sogar als Offizier am Kriege teilgenommen. Ihm mußte man vertrauen.

Nun fing ein richtiger Affenzirkus an. Wichsen und beten, wichsen und beten, bis mir der Unsinn zum Halse raushing. Ich beschloß eines Tages, nicht mehr mit jedem verklebten Taschentuch vor meinen Schöpfer zu treten und Reue zu signalisieren, sondern mich mit meiner Sündhaftigkeit abzufinden. Ich kaufte mir, als es sie endlich gab, FKK-Heftchen mit richtig nackten Frauen und machte mich dann bald auch an Mädchen ran, in der Absicht, sie auf keinen Fall zur Ehegattin zu begehren, wie es einzig dem Herrn wohlgefiel. Mit der Zeit wuchsen auch meine intellektuellen Zweifel an der haarsträubenden Dogmatik, die mein Vater von der Kanzel verkündigte, und nach dem Abitur hatte ich nicht die geringste Neigung mehr, Theologie zu studieren. Werbung interessierte mich, ja. Gute Werbefilme, gute Texte. Ich trat in eine Agentur ein und lernte das Handwerk. Werbemann! Eine Schande für die Familie. Werbung! Mein Vater konnte nicht verstehen, wie ein vernünftiger Mensch sowas überhaupt machen könne. Nun, sagte ich ihm, ich mache dasselbe wie du. – Was? Wieso? – Ich will auch die Leute zu etwas überreden. Darauf fiel ihm nichts mehr ein. Nur den Kopf geschüttelt hat er. Minutenlang den Kopf geschüttelt.

Später am Abend will mein Gast wissen, ob es nicht schwer sei, hier auf dem Lande, an Freundinnen heranzukommen, die nur ihren Spaß haben und nicht sofort einen Winzer heiraten wollen.

»Nein«, sage ich, »das ist hier auch nicht schwerer als anderswo. Es gibt hübsche Mädchen hier. Ich kann welche einladen, wenn Sie wollen. Zur Zeit aber habe ich eine kleine Studentin aus Trier. Studiert Germanistik. Sie will eine Magisterarbeit über mich schreiben. Meine erste Sekundärliteratur. Ich bin richtig stolz. Tanja heißt sie. Bis jetzt hat sie noch keine bösen Absichten erkennen lassen. Aber man muß auf der Hut sein.«

Vor dem Schlafengehen gebe ich ihm die Schlaftabletten.

Eine große Klinikpackung. Vorsicht! Eine Tablette genügt, höchstens zwei. Nun bleibt abzuwarten, ob er sie nimmt und dann schläft. Der Gedanke, daß ich mit dem Hammer an sein Bett trete, und er liegt da und sieht mich an und fragt »ist was?« – schrecklich! Erst muß er seinen gesunden Schlaf wiederfinden.

Freitag, 3.1.
Früh schon wach. Kein neuer Schnee. Eher scheint es zu tauen. Über die Geschichten aus meiner Vergangenheit, die ich gestern erzählte, ärgere ich mich nun. Komme ich ins Lebenserinnerungsalter? Vor dem Krieg, im Krieg, nach dem Krieg. – Auch Tanja, meine kleine Germanistin, lacht darüber, wenn ich damit anfange. Das wirke so opaesk. So alt sei ich doch gar nicht. Opaesk, sagt sie, in Anlehnung an kafkaesk. Ich sehe nicht schlecht aus. Wenn ich in den Spiegel schaue, sage ich mir oft: du siehst nicht schlecht aus, nein, das kannst du wirklich nicht sagen. Noch volle Haare, bei etwas höherer Stirn. Steht mir nicht schlecht, die höhere Stirn. Die Haare wasche ich täglich. Vor zwanzig Jahren noch wusch ich sie einmal in der Woche. Der Erfolg: fünf Tage lang sahen sie aus wie ein halbes Jahr nicht gewaschen. Ungeheure Fettbildung. Jetzt wasche ich sie täglich, obwohl es früher hieß, das schade. Noch nichts gemerkt davon. Geföntdann sehen sie füllig aus. Ich nicke mir im Spiegel zu: du hast fülliges Haar. Mancher in deinem Alter – ach was, viel Jüngere werden dich darum beneiden. Das Problem ist die irische Tweedmütze. Ich habe sie mir auf Sylt gekauft, in Astas irischem Wolladen in Keitum. Eine wundervolle Mütze. Sie hat ein Volumen, eine weiche Fülle, wie sie bei den landesüblichen Schirmmützen hier nicht zu finden ist. Leicht schräg setzt man sie auf, und das gibt einem sofort etwas Verwegenes. Ich lasse mich gern damit sehen. Allerdings sind die Haare danach platt. Wenn ich die irische Tweedmütze absetze, habe ich platte Haare. Ich sehe vollkommen anders aus. Nicht schlecht, nein, auch nicht schlecht, aber anders. Das stört mich etwas. Das lockere Haar, zusammengedrückt. Tanja macht das nichts, aber mir. Allerdings auch nicht immer. Manchmal stört es mich gar nicht. Aber es gibt Tage, an denen ich ernsthaft erwäge, ob ich die irische Tweedmütze nicht den ganzen Tag aufbehalten soll, auch im Hause. Was hindert mich? Manche Leute tragen immer eine Kopfbedeckung. Ich habe mich noch nicht dazu entschließen können. Kein Problem zur Zeit. Der Mörder mit der irischen Tweedmütze. Ich bin ja ein Mörder. Ich werde alsbald einer sein, und das ist so gut, als sei ich schon einer. Ob er gut geschlafen

hat? Noch ist nichts zu hören. Ich werde mich fertigmachen. Dann das Frühstück.

Gut geschlafen hat er. Brav auch zwei Tabletten genommen. Das hat gewirkt. Nun sieht er den Dingen schon etwas zuversichtlicher ins Auge. Ich benutze die Gelegenheit und frage ihn nach dem neuen Roman. Zunächst weicht er aus, will nicht recht damit heraus. Wenn man so was zusammenfassend kurz erzählt, wirkt es irgendwie dümmlich, meint er und hat damit gewiß recht. Ich bestehe nicht länger darauf, daß er mir was erzählt, und dann fängt er plötzlich von selber an.

Es geht darum, daß ein Mensch sich in einen anderen verwandelt durch konsequente Imitation. Er will einen Jungen schildern, der durch nichts besonders auffällt. In der Schule ist er Mittelmaß, beim Sport zeichnet er sich nicht aus, Freunde hat er kaum. Eine Randexistenz in der Klasse. Er gilt nicht viel, wird aber im wesentlichen in Ruhe gelassen. Eines Tages bekommen sie einen sehr unangenehmen Lehrer, der die Klasse mit seinen Forderungen kujoniert. Es hagelt Fünfen und Sechsen, aber an Auflehnung ist nicht zu denken. Mit kaltem Zynismus hält er die Zügel stramm in der Hand. Der Junge nun, der Held des Romans, Leo soll er heißen, glaube ich, ja Leo, beginnt daheim ingrimmig bei den uferlosen Hausarbeiten den Lehrer zu imitieren, den Wissensstoff, den er sich aneignen soll, in der Diktion des verhaßten Lehrers laut vor sich hinzusprechen. Er hebt tückisch die Schultern, läßt den Kopf teilweise im Kragen verschwinden, macht Redegesten mit den Händen, wobei er, wie der Lehrer, die Finger kein bißchen bewegt. Lauter Äußerlichkeiten, aber plötzlich macht ihm das Lernen einen diebischen Spaß, im Nu eignet er sich alles an, wird fast über Nacht vom schwächsten zum besten Schüler in der Klasse, findet Gnade vor dem Tyrannen, wird belobigt, weiß stets die Antwort zu geben, die der Lehrer hören will. Als er viele Jahre später als Angestellter in einer Firma einen unerträglichen Chef hat, erinnert er sich der Erfahrung aus Schülertagen. Während eines vierwöchigen Urlaubs arbeitet er sich, systematisch imitierend, an das Wesen des Chefs heran. Mit Körperhaltung, Gang, Stimme, Bewegungen in allen Nuancen, kommt er dem Kern der Persönlichkeit immer näher. Die Verwandlung nun, die sich innerhalb von vier Wochen mit Leo vollzieht, wird in dem Roman in allen Einzelheiten geschildert. Vor dem Spiegel stellt Leo fest, daß er sich auf einmal auch körperlich zu verändern beginnt. Er wird dem Chef immer ähnlicher. Seine Haare fallen aus, die Chefglatze modelliert sich auf seinem Kopf, die Nase wird klobiger, der Mund schmaler undsofort. Am Ende ist er der perfekte Doppelgänger. Am Tag bevor er wieder seinen Dienst antreten muß, ruft er den Chef an und bittet um eine interne Aussprache, die in einem Café, nicht in der Firma stattfinden solle. Da treffen nun Zwillingsbrüder aufeinander. Leo erklärt dem völlig verwirrten Chef, der Leo überhaupt nicht in ihm erkennt, daß er seine Verwandlung in den Chef nicht mehr rückgängig machen könne. Das Urlaubshobby hat sich verselbständigt. Er findet nicht mehr zu sich zurück. Nun den umgekehrten Weg zu gehen, sei ausgeschlossen. Da müsse er ja Leo imitieren, aber das gehe nicht, denn als Leo habe er keine besonderen Eigenschaften gehabt, sei völlig farblos gewesen, ohne jegliche Marotte, an der er den alten Leo wieder zu sich heranziehen könne. Außerdem wisse man ja auch selber nicht, wie man eigentlich sei, wie man wirke. Bei unvermuteter Wiedergabe der eigenen Stimme vom Band erkenne man sich oft nicht, oder sei über sich entsetzt. Nein, das habe er zu Beginn des Experimentes nicht bedacht, einen Weg zurück gebe es nicht. Und was nun? In der Firma könne er ja wohl nicht bleiben, wo jeder ihn mit dem Chef verwechsle.

An diesem Punkte nun sei er jetzt angelangt, sagt mein Gast. Das Gespräch im Café sei noch nicht abgeschlossen. Er schwanke noch, für welchen Fortgang er sich entscheiden solle. Der Chef zum Beispiel könnte erkennen, was für ein unschätzbarer Vorteil die Existenz eines Doppelgängers sei. Man kann sich vertreten lassen, wenn man lieber bei seiner kleinen Freundin ist als im Geschäft oder daheim, man kann wichtige Verhandlungen an verschiedenen Orten gleichzeitig führen, was allerdings nicht ganz ungefährlich ist. Undsoweiter. – Andererseits aber ist der Imitator nicht einfach eine zweite Ausgabe des Imitierten. Er ist besser, vollkommener als das Modell, weil er ein Kunstprodukt ist, ein Ergebnis von Beobachtung und Kalkül, weil er die Elemente genau kennt, aus denen er zusammengesetzt ist, das Konstruktionsschema der Persönlichkeit durchschaut und seinen synthetischen Charakter besser, überlegter einsetzen kann als das Original, das keinen rechten Überblick über sich hat.

»Es kann so kommen«, sagt er, »daß der Chef Leo zunächst einfach aus Jux hier und da als Doppelgänger einsetzt, dann feststellen muß, daß der Imitator besser ist als er selber, mehr Erfolg hat in Verhandlungen zum Beispiel, was sich hinterher am Umsatz zeigt. Dann läßt er den anderen immer mehr machen, tritt selber in den Hintergrund. Das Original wird überflüssig, weil die Kopie vollkommener ist. Aber was dann? Was macht der Überflüssige? Das weiß ich eben noch nicht.«

»Ein sehr guter Stoff«, sage ich, »eine originelle Idee. Könnte auch mich reizen. Aber ich kann nicht sagen, wie es dann ausgehen sollte. Ich darf Ihnen nicht reinreden, sonst lassen Sie sich am Ende beeinflussen, und das wäre schlecht.«

Diese Nacht muß ich ihn umbringen. Eine bessere Gelegenheit wird nicht mehr kommen. Ich hörte ihn während des ganzen Tages auf der Maschine schreiben. Vielleicht hat es ihn animiert, daß er von seinem Projekt gesprochen hat. Heute muß es sein. Wie präpariert man sich auf die Tat? Indem man möglichst nicht an sie denkt und sie dann, wenn es an der Zeit ist, einfach und ohne Besinnung tut, so selbstverständlich, wie man jede andere Sache erledigt. Hinterher ist wieder Zeit, seine Gefühle und Gedanken zu beobachten. Das Verdrängen des Bevorstehenden hat zur Folge, daß meine vorhandene Nervosität sich in bedeutender Munterkeit äußert. Quirlig wiesele ich umher, mache mich im Keller zu schaffen. Eine Weinprobe wollen wir am Abend machen. Er soll die 85er Weine probieren, die noch im Faß liegen. Das hatten wir bisher nur immer aufgeschoben als etwas Besonderes. Gut, daß wir es heute erst machen, dann komme ich leichter über die letzten Stunden hinweg.

Redselig lasse ich ihn die Weine probieren, angesogen durch einen Gummischlauch aus dem Faß und in kleine Gläschen gefüllt. Die Gärung ist abgeschlossen. Nur eine Spätlese gluckert noch leise mit dem Gäraufsatz. Auch dessen Funktion erkläre ich aufgeräumt und wortreich. Die Sperrflüssigkeit in diesen Aufsätzen auf den Fässern schirmt den Wein zugleich von der Außenluft ab und läßt – gluckernd – das bei der Gärung entstehende Kohlendioxid – CO_2 – entweichen. Das Zeug ist schwerer als Luft, sinkt zum Boden, kann einen bei hoher Konzentration glatt umhauen, weshalb man zur Warnung oft Kerzen angesteckt hat im Weinkeller. Verlöschen die Kerzen, ist für Frischluft dringend zu sorgen. Todesgefahren im Weinkeller? Jaja, gibt es durchaus.

Lange Reden über den Wein, die Verschiedenheit aller Jahrgänge, die Probleme, die man mit einzelnen hat. Zum Beispiel der 82er. Noch auf dem Faß war er tadellos. Abgefüllt in Flaschen hatte er eines Tages einen unangenehmen Geruch, einen seltsamen Beigeschmack. Böckser nennt man das.

Ich redete und redete. Wir standen in unseren Mänteln im Keller. Er fand es gemütlich zwischen den Fässern. Es vergingen fast zwei Stunden. Dann wollte er ins Bett. Schlaftabletten? Ja, zur Vorsicht nimmt er auch heute welche. Ich sagte ihm gute Nacht. Im Fortgehen klopfte er noch an dieses und jenes Faß.

»Das hier ist leer«, sagte er.

»Ja«, sagte ich, »leer.«

Die nächsten Stunden beschäftigte ich mich mit diesen Eintragungen hier im Tagebuch. Jetzt ist es halb elf. Noch eine halbe Stunde werde ich warten. Dann gehe ich hinauf.

Ich muß mich beruhigen. Ich muß jetzt noch schreiben. Es ist sehr spät, halb drei, also eigentlich schon Samstag. Meine Hand zittert. Schlafen werde ich sowieso nicht können.

Die halbe Stunde, ehe ich mit dem Hammer hinaufging, war die schrecklichste. Das hatte ich kommen sehen. Ablenkend sexuelle Vorstellungen: Tanja nackt. Ihre reizend gebückte Haltung von hinten nach vollzogener Schamhaarrasur. Ihr Kichern beim Einseifen mit dem Dachshaarpinsel. Und dann redet sie plötzlich, redet zu mir, zu sich, spricht Verse.

Kommt Geister, die ihr lauscht
Auf Mordgedanken und entweibt mich hier;
Füllt mich vom Wirbel bis zur Zeh, randvoll
Mit wilder Grausamkeit! Verdickt mein Blut;
Sperrt jeden Weg und Eingang dem Erbarmen,

Daß kein anklopfend Mahnen der Natur
Den grimmigen Vorsatz lähmt, noch friedlich hemmt
Vom Mord die Hand! Kommt an die Weibesbrust,
Trinkt Galle statt der Milch, ihr Morddämonen!
Wo ihr auch harrt in unsichtbarer Kraft
Auf Unheil der Natur! Komm, schwarze Nacht,
Umwölk mich mit dem dicksten Dampf der Hölle,
Daß nicht mein scharfes Messer sieht die Wunde,
Die es geschlagen, noch der Himmel,
Durchschauend aus des Dunkels Vorhang rufe:
Halt! halt!

Das hat mir noch gefehlt. Lady Macbeth. Diese alberne Schüleraufführung, in der ich eine Frauenrolle spielen mußte, weil wir auf dem Gymnasium keine Mädchen hatten. Lady Macbeth. Nichts davon vergessen bis heute. Aber nie mehr daran gedacht. Natürlich, die Situation: durchaus ähnlich. Aber rät mir Tanja zum Mord? Wirklich? Tut sie das? Wird sie stolz sein auf einen Autor, der sogar ein Mörder ist? Die Magisterarbeit? Kann dabei gewinnen. Durchaus. Und eine Reportage, die sie für den *Stern* schreibt. Das bringt Geld. Sie wird bekannt. Die Geliebte des Mörderdichters. Dochdoch, sie redet mir zu. Lady Macbeth, ja.
Als ich, den umwickelten Hammer in der Hand, leise auf Strümpfen nach oben ging, schlug die Kirchenturmuhr unten in Trittenheim elf.

Ich geh', und 's ist getan; die Glocke mahnt.
Hörst sie nicht, Duncan: 's ist ein Grabgeläut,
Das dich zu Himmel oder Höll' entbeut.

Schluß mit der Literatur! Ich kann hier nicht zitierend morden. Ich ging in sein Zimmer. Kein Knarren der Tür. Die ist schon gründlich geölt worden, bevor er kam. Das Bett. Matter Schein vom Fenster. Ich trete näher an das Bett. Er schläft fest. Scheint fest zu schlafen. Aber Vorsicht ist geboten. Vielleicht liegt er mit offenen Augen da, hat nicht bemerkt, daß ich eingetreten bin. Wenn er wacht, kann ich ihn nicht ermorden, das weiß ich.

Mir war, als rief' es: »Schlaft nicht mehr, Macbeth
Mordet den Schlaf!« Ihn, den unschuld'gen Schlaf ...«

Warten. Auf den Atem horchen. Ruhig. Schlafatem. Da gibt es keinen Zweifel. Ich hebe den Hammer und stehe jetzt genau hinter ihm. Ich sehe die Umrisse seines Kopfes, werde mit dem Schlag nicht fehlen. Ich stehe. Ich weiß nicht, wie lange ich schon stehe. Ein wahnsinniges Gefühl das. Ich kann es nicht beschreiben. Jetzt noch nicht. Nein, gedacht habe ich nichts mehr. Die Literatur war endlich fort aus dem Kopf. Aber ich schaffe den Absprung nicht. Gelähmt. Ich warte darauf, daß sich das löst. Schon zu lange dauert die Spannung. Wenn ich jetzt zuschlage, habe ich in den Armen nicht mehr die notwendige Kraft. Ich kann ihn nicht mehr mit einem einzigen Schlag töten. Betäuben, ja. Betäuben kann ich ihn wohl, und dann ganz totschlagen wie eine Ratte. Ekelhaft! Plötzlich ein wahnsinniges Zittern in den Händen. Ich muß den Hammer senken, damit er mir nicht rausfällt, womöglich ihm auf den Kopf. Nein! Es geht nicht. Jetzt geht es nicht. Im ersten Anlauf habe ich es nicht geschafft. Morgen? Vielleicht morgen. Ich gehe hinaus, schließe die Tür. Unten sitze ich, und weiter zittern die Hände. Herzklopfen. Immer stärkeres Herzklopfen. Wie lange habe ich oben gestanden, wie lange sitze ich jetzt hier. Die Turmuhr habe ich nicht mehr gehört. Wird sie nachts nicht abgestellt? Als ich auf die Armbanduhr schaue, ist es halb drei. Ich beginne mit den Eintragungen ins Tagebuch.

Samstag, 4.1.
Noch liegt Schnee, neuer soll fallen. Aber es ist wärmer. Es taut. Ich bin unten im Sessel eingeschlafen, mit schmerzendem Nakken aufgewacht. Sehr niedergeschlagen. Ich habe mich grauenhaft blamiert. Vor mir blamiert. Literatur im Kopf, nichts als Literatur! Alles Erfindung und prahlerische Konstruktion! Mordpläne! Du hast doch überhaupt nicht das geringste Talent dazu. Wie konntest du dich nur so kindisch überschätzen! Koketterie! Nichts als Koketterie! Wenn man sich als Kind so

etwas ausdenkt, als Jugendlicher. Na gut, na schön. Aber ein alter Esel, der sich so was vornimmt, verdient kein Pardon. Ich bin erledigt. Ich erwarte nichts mehr von mir. Ich bin, was ich war, ich bleibe, was ich bin. Schauspieler! Ich bin ein Schauspieler! Albernstes Theater! Warum schreibe ich das überhaupt noch auf! Komplettierungszwang. Bis zu seiner Abreise werde ich das hier fortführen, dann in die Schublade legen.

Wichtig für Tanja? Vielleicht wäre es wichtig für Tanja? Die Sekundärliteratur? Ein wichtiges, autobiografisches Dokument für die Sekundärliteratur. Ach, das ist mir doch jetzt auch egal!

Er kommt spät herunter und ist zutiefst deprimiert. Was ist denn los? Gestern lief es doch alles noch ganz schön. Nein, jetzt läuft nichts mehr. Er hat sich alles überlegt, alles noch einmal durchgelesen. So geht es nicht. Es geht überhaupt nicht. Es wird nie gehen.

»Sehen Sie«, sagte er, »ich habe das gleich geahnt, gleich als ich mit dem Roman anfing. Das wird nichts. Ich komme nicht auf gegen mein erstes Buch. Um Klassen besser, werden alle sagen, um Klassen besser. Das Schlimme ist, daß man mit Spannung auf mein zweites wartet. Die Enttäuschung ist vorprogrammiert. Aber ich muß das Ding schreiben, sonst bin ich doch gar nichts mehr. Ich habe doch nichts zu sagen. Ich ziehe mir das alles nur so aus dem Kopf. Man müßte mit einem Sprung so alt sein können wie Sie. Mit all den Erfahrungen, die Sie gemacht haben. Das ist doch was. Das ist doch etwas ganz Konkretes. Das ist doch mehr als ein bißchen Jugend mit blühender Phantasie.«

»Na wissen Sie«, sage ich, »wenn Sie sich anschauen, was ich so geschrieben habe, dann sehen Sie eben, daß diese ganzen konkreten Erfahrungen auch nicht viel nützen. Ich habe kein einziges Buch geschrieben, das mit Ihrem ersten zu vergleichen wäre.«

Da widerspricht er mir. Aus Höflichkeit? Aus Überzeugung? »Das ist nicht wahr. *Tore im Schatten* ist ein fabelhaftes Buch. Ich wäre froh, wenn ich das geschrieben hätte.«

Stimmt das? Ist das richtig? Gut? Ist es gut? Ich weiß es nicht mehr. Was nützt mir das jetzt auch!

Sehr trister Tag. Ich versuche, ihm Mut zu machen. Kann es nicht, will es nicht. Bin viel zu sehr mit mir selber beschäftigt. Morgen will er abreisen.

Sonntag, 5.1.
Er kommt nicht herunter zum Frühstück. Laß ihn in Ruhe, denke ich. Es ist Zeit genug. Wir erreichen den Zug in Trier noch.

Um zwölf ist er immer noch nicht aufgestanden. Es ist vollkommen still im Haus. Noch nicht einmal ins Badezimmer ist er gegangen. Ich gehe hinauf, klopfe an der Tür. Ich öffne. Er liegt im Bett. Schlafend, wie tot.

Er ist wirklich tot. Das berühmte leere Schlaftablettenglas. Die ganze Klinikpackung. Er hat sich umgebracht.

Was ich denke, schneller, als ich es schreiben kann: die Gelegenheit. Nun doch noch. Er ist tot. Ich brauche ihn nicht zu töten. Er hat mir seine Leiche selber geliefert. Jetzt verfahren wie geplant. Ins Faß, den Trester drauf, die Sachen fort! Das Tagebuch fälschen: der Mord in der Freitagnacht hat stattgefunden. Ich gebe mich für den Mörder aus. Muß ich ihm noch eins über den Kopf geben, damit die Todesursache auf den ersten Blick klar ist und sie sich keine große Mühe mehr geben bei der Obduktion? Ja. – Wen kümmert dieser Betrug? Ich bin ein Mörder, auch wenn ich nicht morden mußte. Wohlfeiler geht es nicht mehr. Ich bin ein Glückspilz, und auch für ihn ist es besser, daß es so gekommen ist. Unsterblich ist er dadurch geworden, der Racker! Kann keine Hoffnungen mehr enttäuschen. Aber für mich gibt es noch etwas zu tun.

Regnerischer Tag. Der Schnee wird fortgespült.

Montag, 6.1.
Es geht ihm besser. Keine Lebensgefahr mehr. Am Vormittag habe ich ihn besucht. Er lag im Klinikbett und lächelte matt.

»Mann«, sagte er, »Mann, was habe ich da nur gemacht. Ich weiß gar nicht mehr, ich weiß überhaupt nicht ...«

»Ruhig«, sagte ich, »ganz ruhig! Du mußt erst mal überhaupt nicht nachdenken. Es ist ja alles gutgegangen, wie?«

»Ja«, sagte er, »gut.«

Ich habe ihm gestern, als ich ihn fand, das Tablettenglas leer, sofort den Magen ausgepumpt. Wozu ist man Winzer? Schläuche, Pumpen, hat man im Haus. Etwas radikal, die Methode,

Doktor Eisenbart, aber erfolgreich. Hätte er das Zeug schon am Samstagabend eingenommen, wäre es zu spät gewesen. Aber erst am frühen Morgen hat er es vereinnahmt. Notarztwagen, Transport zur Klinik in Trier. Ich bin im Transit hinterhergefahren. Nach drei Stunden war klar, daß er überleben würde.

Ich bin die Nacht über in Trier geblieben, habe bei Tanja geschlafen, die schon zurück war aus den Weihnachtsferien. Die Härchen sind etwas nachgewachsen. Hübsch pieksig.

Sie hat unten in der Klinik gewartet, als ich ihn am Vormittag besuchte. Ich setzte die irische Tweedmütze auf. Draußen regnete es.

»Alles in Ordnung«, sagte ich. »Kommst du mit nach Zummet?«

»Ich bin noch nicht fertig mit meinem Referat. Am Mittwoch muß ich es halten.«

»Aber zum Wochende?«

»Ja«, sagte sie, »bestimmt.«

»Bis dahin ist er aus der Klinik raus und macht bei mir noch ein paar Tage Rekonvaleszenz. Das soll uns aber nicht stören.«

»Aber nein! Ich möchte ihn gern mal kennenlernen. *Räuber des Behagens* ist ein wahnsinnig irres Buch.«

»Ist es«, sagte ich.

Alles falsch! Klitterung! Am Sonntag ist er ganz pünktlich aufgestanden. Ich habe ihn zum Bahnhof gebracht.

»Der Roman wird toll«, habe ich zum Abschied gesagt. »Er wird besser als dein erster.«

»Meinst du?«

»Ja. – Dranbleiben.«

Als der Zug abfuhr, zog ich die irische Tweedmütze vom Kopf und winkte damit. Dann ging ich zu Tanja, die gestern zurückgekommen war. Ich lud sie zum Essen ein und verabredete mich mit ihr fürs Wochenende. Dann werde ich ihr mein Tagebuch schenken.

Die violetten Briefe

Überfüllt, dachte Thomas, völlig überfüllt. Das ist wieder einmal ein hoffnungslos überfülltes Seminar. Schätzungsweise waren das hundertfünfzig Leute, die sich da drängelten, auf den Fensterbänken hockten, immer noch neue Stühle hereintrugen. Mehr als hundert, hundertzwanzig paßten in den Hörsaal eigentlich nicht hinein. Die wollten also alle bei Meyer-Sauteur mitmachen und *Die Dramen des jungen Schiller* studieren. Grundlegendes Wissen. Schiller kann man immer brauchen. Ohne Schiller, wenigstens etwas von Schiller, kann man kein Germanist sein. Also ziehen wir uns in diesem Semester was von Schiller rein. Ziehen wir uns den jungen Schiller rein. Bei Meyer-Sauteur. Bei Professor Dr. Udo Meyer-Sauteur. Die wollen wohl auch alle Referate übernehmen, Hausarbeiten machen, um einen Schein zu kriegen, obwohl sie wissen, daß der sauteuer ist, der Schein bei Sauteur. Leichten Kaufes hat man den nicht.

Thomas wußte nicht, ob er eine Arbeit machen würde. Er wollte erst mal sehen, wie das hier so lief. Er trug sich vorsorglich mit Namen und Anschrift in die herumgereichte Teilnehmerliste ein. Wahrscheinlich würden sich in den nächsten Wochen doch so manche verkrümeln. Am Ende des Semesters waren dann noch Plätze frei im Hörsaal. So war das doch immer. Am Anfang erschraken alle, daß sie so viele waren, und am Ende wunderte man sich über die auffällige Schrumpfung. Es gab kein Seminar, in dem das anders war. Es gab auch Professoren, die schon zu Beginn wenig Zulauf hatten und in den letzten Sitzungen überhaupt niemanden mehr vorfanden.

In der ersten Stunde sprach ausschließlich Meyer-Sauteur. Ein schmächtiges Kerlchen, so etwa Mitte Fünfzig, mit gelichtetem Haar und stets korrektem, absolut unauffälligem Anzug. Um so mehr kam die einzige Extravaganz zur Geltung, die er sich leistete: ein zarter, goldgefaßter Zwicker, der mit einer schwarzen

Schnur am Knopfloch des Rockaufschlages befestigt war. Er setzte ihn mit einer aparten, stets gleichen schwungvollen Bewegung auf die Nase, wenn er las. Er sprach leise, aber deutlich. Man hörte ihm zu. Er wußte seine Sachen gut vorzutragen und war seiner Wirkung sicher.

Er dachte in dieser ersten Stunde hauptsächlich über die Frage nach, warum Schiller ein Schriftsteller geworden sei. Weil er zum Dichter berufen gewesen war, hätte man früher geantwortet. Berufung – klare Sache, dagegen sei nichts zu machen. Aber von wem berufen? Von den Göttern, von den Musen oder etwa von sich selbst? Wahrscheinlich doch von sich selbst. – Und nun entwarf er ein Bild des jungen Schiller, der acht Jahre in der strengsten Isolierung auf der Militärakademie des Herzogs Karl Eugen zugebracht hatte. Auf dieser Insel ist die ganze umgebende Welt nur durch Bücher vertreten. Alle Erfahrungen sind nur vermittelt. Das Leben, gesehen durch die Brillen der Dichter: Homer, Plutarch, Ossian, Shakespeare, Gerstenberg, Goethe, Klinger, Leisewitz, Schubart. Leseleidenschaft und daraus entstandene Schreibsucht bringen ihn so sehr in Wissensrückstand, daß er das juristische Studium lieber aufgibt und nochmal ganz neu mit Medizin anfängt. Der vornehmste Beruf ist der des Dichters. Das hat er nun immer wieder ausgesprochen. »Die Teilung der Erde«, wo der verträumte Poet »aus weiter Fern« erst ankommt, als Zeus die ganze Welt schon verteilt hat und aus dieser Verlegenheit dem Dichter dann das Beste zuteilt:

Was tun? spricht Zeus; die Welt ist weggegeben
Der Herbst, die Jagd, der Markt ist nicht mehr mein.
Willst du in meinem Himmel mit mir leben –
So oft du kommst, er soll dir offen sein.

Das Ideal des freien Schriftstellers – Schiller habe mit unvorstellbarer Willenskraft und Unerbittlichkeit daran festgehalten, dozierte Meyer-Sauteur. »Pegasus im Joche«, auch solch ein launiges Gedicht über praktische Nutzlosigkeit und Adelswert der Poesie. Wer kennt es? – Natürlich keiner. Wer liest heute schon Schillers Lyrik! – Was ist ein Pegasus, na? Ein Pegasus ist ein Hippogryph. Was ist ein Hippogryph? – Tja, da müßte man ein bißchen Griechisch können. Also: der Pegasus, das geflügelte Poetenroß eignet sich weder als Postkutschenpferd noch als Ackergaul. Der Poet aber, ein »lustiger Gesell«, der die Zither in seiner leichten Hand trägt, während ein goldenes Band sich durch den »blonden Schmuck der Haare« schlingt, der wird mit ihm fertig:

Kaum fühlt das Tier des Meisters sichre Hand,
So knirscht es in des Zügels Band
Und steigt, und Blitze sprühn aus den beseelten Blicken,
Nicht mehr das vor'ge Wesen, königlich,
Ein Geist, ein Gott erhebt es sich,
Entrollt mit einem Mal in Sturmes Wehen
Der Schwingen Pracht, schießt brausend himmelan –
Und eh' der Blick ihm folgen kann,
Entschwebt es zu den blauen Höhen.

Schriftsteller sein, Dichter, das müsse schon früh Schillers eigentliches Ziel gewesen sein, meinte Meyer-Sauteur, ein Lebenstraum, im geistigen Treibhaus der Akademie geboren. Als im Februar 1780 zum Geburtstag des Herzogs bei leibhaftiger Anwesenheit Goethes von den Zöglingen der »Clavigo« gespielt worden sei und Schiller in schauerlich schwäbelndem Stampf- und Schnaubepathos die Hauptrolle gespielt habe, müsse im Angesicht des gefeierten Werther- und Götz-Dichters der Entschluß zur kompromißlosen Dichterexistenz festgestanden haben. Erstaunlich, daß er das geschafft hat! Nie erwog er, einen bürgerlichen Beruf auszuüben und das Schreiben auf den Feierabend zu verlegen. Als ausgebildeter, promovierter Mediziner hätte er doch Möglichkeiten gehabt. Goethe immerhin, das leuchtende, in Haßliebe verehrte Vorbild, war in seinem ganzen Leben eigentlich niemals das, was wir einen freien Schriftsteller nennen. Schiller schaffte es, auch wenn er viele Entbehrungen auf sich nehmen mußte. Das Festhalten am selbstentworfenen Bild. Die Willensanstrengung, die Erbarmungslosigkeit sich selbst gegenüber, das krampfhafte Einhalten der Zielrichtung. Niemals ist er gelöst, locker, leicht, heiter und unbekümmert. Er dichtet unter Schnauben und Stampfen. Ein angestrengter Atem ist in allen seine Werken zu spüren. Deshalb falle es auch so leicht, sich über seinen Stil lustig zu machen.

Und dann sprach Meyer-Sauteur über die heutige Situation des freien Schriftstellers. Das Höchste sei es doch für einen Belletristik-Autor, von hochgeschätzten und gelobten Werken wirklich leben zu können, ohne sich in einem anderen Beruf Miete und Heizkosten verdienen zu müssen. Aber wer erreicht das schon? Simmel zähle nicht. Es müsse schon »bessere« Literatur sein. Und ein Schwindel sei es ja, wenn ein Autor zwar für seine Person »frei« sei, sich aber eine Ehefrau halte, die zum Beispiel als Lehrerin das feste Gehalt ins Haus bringe. Wer die Zusammenhänge nicht kenne, der wundere sich, daß jemand für einen kleinen Leserkreis schreiben könne und trotzdem nicht verhungere. Wer zu schreiben beginne, der habe zunächst das heißersehnte Ziel, überhaupt gedruckt zu werden, gedruckt auf Kosten eines Verlages, ohne daß er zuschießen müsse. Sei er dann aber zwangsläufig in die Bibliographie eingegangen, dann wäre seine Autorenexistenz erst wirklich geadelt und vollwertig, wenn er ausschließlich von den Produkten seiner Schreibmaschine leben könnte. Er, Meyer-Sauteur, sei davon überzeugt, daß der absolute, energische, jeden Kompromiß ablehnende Wille neben dem Talent, das natürlich vorhanden sein müsse, aber es gebe viele Talentierte, die es so weit nicht brächten, der Wille also die unabdingbare Voraussetzung dafür sei, frei zu werden. In dieser Hinsicht sei Schiller viel mehr zu bewundern als das tändelnde Glückskind Goethe, der eigentlich immer nur »nebenbei« gedichtet habe, was natürlich nichts gegen die Qualität seiner Werke sage.

Das war so etwa der Inhalt der Einführung. Dann wurden Referate und Hausarbeiten verteilt, und danach floß die Menge aus dem vollen Hörsaal ab, um sich in der nächsten Woche hier wieder zu versammeln, insgesamt zwölfmal in diesem Sommersemester.

In der dritten Stunde zog Meyer-Sauteur zum ersten Mal sein Blamierspielchen ab, für das er bekannt war. – »Die Räuber«, erster Akt, zweite Szene: Karl Moor mit Spiegelberg in einer Schenke. Karl Moor: »Mir ekelt vor diesem tintenklecksenden

Säkulum, wenn ich in meinem Plutarch lese von großen Menschen.«

Meyer-Sauteur setzte den Kneifer ab, steckte ihn in die Brusttasche und fragte mit Vorfreude: »Wer war denn Plutarch? Über was für große Menschen hat er geschrieben?«

Das Seminar blieb stumm. Keiner meldete sich. »Wissen Sie das nicht?« – Nein. – »Sie auch nicht?« – Nein. »Wenn man von ihm was lesen kann, muß er wohl ein Schriftsteller gewesen sein. Aus welcher Zeit wohl?« – »Antike«, kam es von irgendwo. – »Fabelhaft! Jawohl, Antike! Römisch oder griechisch?« – »Römisch.« – »Falsch! Er war zwar auch in Rom, blieb aber ein Grieche, schrieb griechisch. Und was?« – Wieder das große Schweigen. –

Thomas hatte die ganze Zeit überlegt, ob er sich melden solle. Eine gute Gelegenheit, sich von dem ganzen Haufen abzuheben, positiv aufzufallen. Aber er war schüchtern, meldete sich ungern.

»Er schrieb, wie es hier heißt, *von großen Menschen.* Was für Menschen sind das wohl gewesen?« Meyer-Sauteur gab immer noch nicht auf.

Thomas hielt es nicht mehr aus und meldete sich. »Gemeint sind hier die *Bioi parallēloi,* die vergleichenden Lebensläufe. Jeweils zwei Leute, ein Grieche und ein Römer werden miteinander verglichen, also zum Beispiel Alexander und Caesar, Demosthenes und Cicero.«

»Gut der Mann«, sagte der Professor. »Exakt.« Und dann wollte er gleich wissen, wer denn der Josephus sei, dessen Lektüre Spiegelberg dem Karl Moor so sehr ans Herz lege. Wieder wußte es keiner. »Das sieht man doch nach, wenn man es nicht weiß. Da liest man doch nicht so einfach drüber weg. – Und der Plutarch-Experte, weiß er es?«

Thomas wußte es. Er schämte sich fast. »Flavius Josephus, erstes Jahrhundert nach Christus, schrieb über den jüdischen Krieg und die Zerstörung Jerusalems, auf griechisch.«

»Exzellent. – Wie heißen Sie?« –

Es war Thomas klar, daß dies ein zweischneidiger Triumph war. Er würde in Zukunft immer wohlpräpariert sein müssen, um den rasch erworbenen Ruhm verteidigen zu können. Mit einer stillen Zuhörerrolle war es nichts mehr in diesem Seminar.

Etwa eine Woche später fand er im Briefkasten einen violetten Brief, der an ihn, nicht an Christiane adressiert war. Er öffnete ihn und zog einen gleichfarbigen Bogen aus dem Kuvert.

Mittwoch, 20. Mai

Auweia, Thomas!
Ich habe mich in Dich verknallt! – Ich weiß nicht, wie das geschehen ist. Liebe auf den ersten Blick .... daran habe ich bis jetzt nie geglaubt. – Nun bin ich bekehrt. Wer ich bin? – Das sage ich Dir nicht. Du mußt mich finden! Und ich werde mich durch nichts verraten. Erst wenn Du ganz sicher bist, wenn Du auf der Welle empfängst, auf der ich während jeder Semesterstunde senden werden, und wenn Du mich dann auch willst, begehrst, unbedingt haben willst, dann werden wir uns umarmen. Es tut mir sehr leid, daß ich Dich belästige. Ich habe auch lange überlegt, ob ich Dir schreiben soll. Aber ich halte es einfach nicht mehr aus. Wenn ich nur an Dich denke, dann .... Weißt Du, was dann? Jetzt, beim Schreiben, ist es besonders schlimm. Ich muß aufhören! Aber es kann sein, daß ich Dir nochmal wieder schreibe. Finde mich! Finde mich bald!
Deine wahn-wahn-wahnsinnig verliebte

A.

Mit Blut im Kopf dachte Thomas nach. Wer konnte das nur sein? Wer schrieb ihm einen solchen Brief? Eine Teilnehmerin des Schiller-Seminars, das war sicher. Aber wer? Er versuchte, sich die Mädchen vorzustellen, die bei Meyer-Sauteur saßen, aber er kam nicht weit. Er hatte sich die Teilnehmer kaum eingeprägt. Es waren entschieden zu viele. Bei den meisten lohnte es sich auch gar nicht. Einheitstypen, austauschbar, in allen Seminaren und Vorlesungen dieselben. Außerdem hatte er einen schlechten Platz gehabt für Beobachtungen während der bisherigen Sitzungen des Seminars. Vorsorgliche letzte Reihe. Da hatte er von den meisten nur die Hinterköpfe gesehen.

Ein ganz schöner Hammer. Schmeißt sich ihm da einfach eine an den Hals. Eine Frau, die zu haben wäre, die man küssen, ausziehen und ins Bett legen könnte. Schöne Vorstellung! – Aber wenn sie eine wahnsinnig häßliche Ziege wäre, dick, bebrillt, wurstfingrig? Einer solchen war es doch am ehesten zuzutrauen, daß sie sich mit dem Mut der Verzweiflung einem Kerl anbot, um endlich einen zu kriegen. – Ach was! Nein! – So eine doch nicht! Die kann sich doch denken, was geschieht, wenn man sie zu sehen kriegt. Das gibt es nicht. – Wer also schreibt einen solchen Brief? Für eine Germanistikstudentin reichlich kitschiger Stil. Aber was studiert heute nicht alles!

Er war doch ziemlich irritiert. Er konnte bis zum späten Nachmittag nichts anderes mehr denken. Immer neue Modellfrauen entwarf er, die den Brief geschrieben haben könnten. Und was war, wenn er sie entdeckte und sie hübsch war? Würde er Christiane mit ihr betrügen? Er war nicht mit ihr verheiratet, aber er lebte mit ihr zusammen in ihrer Dreizimmerwohnung. Sie verdiente das Geld, er studierte. Sie arbeitete im Geschäft ihrer Eltern – Bürofachbedarf. Eine Buchhandlung, die an den Laden angrenzte, war von den Eltern vor einem halben Jahr dazugekauft worden. Der bisherige Eigentümer, alternd, kinderlos, führte sie als Geschäftsführer so lange weiter, bis Thomas sein Studium, möglichst mit Promotion, abgeschlossen hätte. Eine Buchhandelslehre hatte er vor seinem Studium absolviert. Die Weichen für die Zukunft waren beruhigend übersichtlich gestellt: Sie übernahm irgenwann das Bürofachgeschäft, er wurde Geschäftsführer der Buchhandlung. *Akademische Buchhandlung Dr. Sell.* Das sollte irgendwann mal überm Schaufenster stehen.

Christiane kannte er schon seit fünf Jahren. Keine Schönheit. Wirklich nicht. Rundlich, eine etwas zu spitze Nase. Sie war stark kurzsichtig und trug eine Brille mit ziemlich dicken Gläsern. Aber sie hatte einen erstaunlichen Busen, um den manche schönere Frau sie beneiden mußte. Man konnte sich gut an ihm festhalten beim Koitus und störte sich nicht mehr an den kurzen, etwas zu dicken Beinen. In sexueller Hinsicht klappte es also mit den beiden einigermaßen. Es gab natürlich aufregendere Körper fürs Bett, das war auch Thomas klar, aber er hatte ihre schöne und bequeme Beziehung noch nie aufs Spiel gesetzt, war nie fremdgegangen. Wenn man sich davor hütete, die Initiative zu ergreifen und ein Mädchen anzumachen, konnte ja auch nichts passieren. Was aber, wenn eine, die er toll fand, und er fand durchaus manche toll, emanzipiert genug war, um ihn zu verführen? Er wußte nicht, was dann war.

Christiane, als sie am Abend aus dem Geschäft kam, lachte Thomas mit seinem violetten Brief ganz einfach aus. »Da hat dich aber jemand auf den Arm genommen. Da hat sich ein Kommilitone einen Scherz erlaubt. Du glaubst doch nicht im Ernst, daß eine Frau den geschrieben hat.«

»Woher weißt du das so genau?«

»Na hör mal! Das gibt es doch überhaupt nicht. Das macht keine. Auch wenn sie noch so geil ist. Und warum sagt sie nicht, wer sie ist? Warum gibt sie denn nicht den kleinsten Hinweis? Wellenlänge! So ein Mumpitz! Da steckt eine Clique hinter, die sich jetzt darauf freut, wie du in der nächsten Stunde überall herumspähst.«

»Wer sollte das denn sein? Ich kenne keinen einzigen in dem Seminar.«

»Dann ist es eben einer, der nicht in dem Seminar sitzt. Vielleicht Paul oder Erwin. Fühl denen doch mal auf den Zahn.«

»Ich werde mich hüten. Meinst du, ich zeige denen den Brief? Ich soll mich wohl selber lächerlich machen.«

»Dann warte mal ab, ob du noch weitere kriegst. Die mysteriöse Dame stellt das ja in Aussicht.«

In der nächsten Sitzung, am fünfundzwanzigsten Mai, setzte sich Thomas auf einen günstigeren Platz, von dem aus er die Hauptmasse der Bankreihen schräg gegenüber hatte und jeden sehen konnte, der sich dort niederließ. Er war ziemlich früh gekommen, um freie Auswahl zu haben. Es war eine halbe Stunde vor Beginn des Seminars, und es waren erst fünf oder sechs da, die sich Plätze sicherten. Dann strömte es heftiger. Durchschnittsvolk, nichts Auffälliges, überhaupt nichts, was für ihn Frage kam. Er schaute jede Studentin an, die den Hörsaal betrat und folgte ihr mit den Blicken auf dem Weg zu dem Platz, den sie einnahm. Ob irgendeine zu ihm hinüberschaute, sich durch ein Zwinkern verriet? Er war erleichtert, daß er keinen einzigen Blick zugeworfen bekam, der auf ein Interesse an seiner Person schließen ließ.

Es wurde immer voller. Nur noch zwei Minuten bis zum Beginn der Sitzung, den Meyer-Sauteur immer präzise einhielt. Stühle wurden hereingetragen. Man drängte sich in den Ecken. Thomas mußte den Hals recken, um alle mustern zu können. Nichts. Keine, um die es sich gelohnt hätte. Wenn die Briefschreiberin sich wirklich im Hörsaal befand, konnte er alle weiteren Briefe, die etwa noch kamen, in den Papierkorb werfen. Meyer-Sauteur kam. – Dann war es das wohl. Thomas stellte fest, daß er enttäuscht war. Und zugleich tadelte er sich dafür. Was wollte er denn eigentlich? Hatte er wirklich vor, Christiane zu betrügen? Was? Wie? Nein! Überhaupt nicht! Aber weshalb saß er dann hier mit langem Gesicht, weil keine Frau gekommen war, mit der es sich lohnte? War das nicht ein Anzeichen dafür, daß er, auch wenn er es nicht wahrhaben wollte, im allerinnersten Kämmerchen seines Trieblebens von Christiane fortstrebte?

Versponnen in solche Überlegungen hörte er nicht zu, was der Professor sagte, aber als der einzige leere Platz in der ersten Reihe verspätet eingenommen wurde, fuhr er hoch. Es war ein braunhäutiges, schlankes Mädchen mit schwarzglänzender, über die Schulter fallender Mähne; äußerst schick, wie man es nicht an der Uni und schon gar nicht bei Germanistinnen gewohnt war. Sie trug eine lässige, weite Strickjacke aus Bouclémaschen in Blau- und Grüntönen, eine Flanellbluse mit grüner Zickzack-Litze über der Knopfleiste und als besonderen, unübersehbaren Blickfang eine Lederhose aus mattschimmerndem Nappa in verhaltenem Russischgrün. Softige, vom Bund abwärts strebende Falten sprachen lebhaft bei jeder Bewegung und ganz besonders eindringlich, als sich das Mädchen ohne Umstände und mit katziger Geschmeidigkeit über die Bank hinweg auf ihren Platz schwang, der, wie man jetzt sah, mit einem Buch belegt gewesen war. Einen Lederbeutel mit breitem Tragriemen aus ebensolchem Leder nahm sie schwungvoll von der Schulter und stellte ihn vor sich auf die Platte. Dann fuhr sie mit beiden Händen durch ihre Haare und schaute aus listig-spöttischen Augenschlitzen zu Professor Meyer-Sauteur auf, der seine Ausführungen für einen Augenblick unterbrochen hatte.

War sie das? Das war sie! Wenn eine einzige hier im Raum violette Briefe verfaßte, dann nur sie, diese einzigartige Modefigur, die aus einem Hochglanzkatalog gehüpft zu sein schien. Thomas starrte sie an, ließ während der ganzen Stunde den Blick nicht mehr von ihr, aber sie gab sich ihm mit keinem Wink, keiner Geste, keinem Kräuseln der schöngeschwungenen Lippen zu erkennen. Sie schaute wohl das eine oder andere Mal in die Richtung, wo Thomas saß, faßte dabei aber niemanden direkt ins Auge. Fünf Minuten vor Ende der Sitzung ging sie, kletterte wieder mit geschmeidigen langen Beinen über die Bank, schaute nicht einmal den Professor an, vor dessen Nase sie unmittelbar vorbeiging, und verließ den Raum, ohne sich umzuschauen.

Thomas erzählte Christiane von seinem Erlebnis nichts. Er hielt es für besser in jeder Hinsicht. Er wußte ja noch gar nicht, ob sie die Briefschreiberin war, und von schönen Frauen zu sprechen, die er gesehen hatte, hütete er sich schon seit langem. Das verdarb meistens einen ganzen Tag.

Zwei Tage später bekam er den zweiten violetten Brief.

Mittwoch, 27. Mai

Thomas, Thomas, Thomas!!!
Du bist mir näher gekommen. Ja, das habe ich gesehen. Aber Du hast Dich nicht getraut. Du warst Dir noch nicht sicher, ob ich auch die bin, die Du für mich hältst. Aber ich gebe Dir nicht den allerkleinsten Hinweis. Ich quäle mich und Dich und spiele weiter mit Dir Blindekuh. Ich muß jetzt wieder eine ganze Woche warten und hätte Dich doch so gern schon vorgestern in meinem Bett gehabt. Deine erste Chance hast Du vertan, und deshalb bekommst Du heute eine Strafarbeit. Schreib zur nächsten Stunde an die Tafel im Hörsaal, was für Kleider ich vorgestern anhatte. Aber erwarte nicht, daß ich mich Dir dann sofort zu erkennen gebe. Du mußt mir folgen und mich ohne ein Wort ganz selbstverständlich küssen. Erst dann kann unser Glück beginnen.

Im Traum treibe ich es immer ganz toll mit Dir. Laß es doch Wirklichkeit werden und komm! komm! komm!
Deine, nur Deine

A.

Es gibt keinen Zweifel mehr, dachte er, das ist sie. Aber weshalb trieb sie nur dieses Spiel? Wenn man auf jemanden scharf ist, dann geht man doch ran. Und die hier ist scharf wie Pumapisse. Lächerlich! Was sie nur an ihm hatte? Er sah doch wirklich nicht so besonders aus, jedenfalls nicht so, wie Männer aussehen, die mit solchen Mädchen gehen. Er sah nicht gerade schlecht aus, nicht eben mickrig, aber doch zu schmal, zu bläßlich, viel zu wenig imponierend. Eine typische Studentenbücherratte. Es war sicher doch eine andere. Es war eine, an die er überhaupt nicht gedacht hatte. Irgendeine graue Maus. Das Seminar war ja voll davon. Mehr Studentinnen als Studenten. Warum sollte es ausgerechnet die mit den sinnlichen Hosenfalten sein? Aber dann stellte er sich doch nur eben diese eine vor und zog ihr in Gedanken die Kleider aus. Was sie wohl für einen Busen hatte? Ihre Kleidung hatte ihn noch nicht erahnen lassen. Aber das würde sich ändern. Sie sah so aus, als ob sie nicht nur diese Hose, diese Bluse, diese Strickjacke während des ganzen Semesters vorführen würde. Die würde bestimmt jede Woche etwas anderes anhaben. Er war ja närrisch! Komplett närrisch! Von der nächsten Stunde an würde er sich wieder auf seinen alten Platz setzen und alle weiteren Briefe ungelesen verbrennen. Wozu sollte das denn führen? Was würde die sich noch alles ausdenken? An die Tafel schreiben! Ihre Kleidungsstücke an die Tafel schreiben! Eine Weile überlegte er, ob er das in der nächsten Stunde nicht doch einfach mal tun sollte. Mal sehn, was sie dann schreibt. Man mußte nur sehr rechtzeitig da sein, um von keinem überrascht zu werden. Dann weggehen und vor Beginn des Seminars ganz harmlos wieder hereinkommen. Irgendwas stand von anderen Veranstaltungen her eigentlich immer an der Tafel, und wer Neues schreiben wollte, mußte sich Platz wischen. Dann aber verwarf er den Gedanken doch wieder. Vielleicht ließ sie die Schreiberei, wenn sie sah, daß sie keinen Erfolg damit hatte. Wenn er reagierte, würde es weitergehen und vielleicht schlimmer werden. Was heißt schlimmer werden? Naja, mehr Briefe, noch eindeutigere Briefe. Und eines Tages würde Christiane der Geduldsfaden reißen. Es war überhaupt tunlich, ihr auch diesen zweiten Brief nicht zu zeigen, ihr gar nicht zu erzählen, daß er wieder Post bekommen hatte. Er versteckte den Brief im fünften Band der Geschichte der deutschen Literatur von de Boor/Newald.

Zur nächsten Seminarsitzung setzte er sich nach längerem innerem Kampf wieder auf einen versteckteren Platz. Wieder kam sie etwas verspätet, hatte sich wieder ihren Platz in der ersten Reihe belegt, turnte über die Platte. Ob sie ihn entdeckt hatte? Sie hatte kurz ins Auditorium geschaut, als sie gekommen war. Schwer zu sagen, wie intensiv sie beobachtet hatte. Etwas Suchendes jedenfalls hatte ihr Blick nicht gehabt. Heute trug sie übrigens einen tabakfarbenen Zweiteiler aus Baumwolle mit einer passenden gestreiften Bluse, leger, elegant, aber dezenter als die sprechende Nappahose vom letzten Mal. Thomas glaubte zu bemerken, daß Meyer-Sauteur sehr häufig sie ansah, wenn er dozierte. Offenbar bezog der alte Zwickergockel die Wahl ihres Stammplatzes in der ersten Reihe und den unübersehbaren Auftritt nach Sitzungsbeginn bereits auf sich.

Es kam Thomas gar nicht gelegen, daß er wieder einmal sein Wissen unter Beweis stellten mußte. Keiner konnte die Frage des Professors beantworten, welche Autoren denn unmittelbar vor Schiller das Thema der feindlichen Brüder auf die Bühne gebracht hätten. Er hätte Klinger und Leisewitz ganz sicher verschwiegen, aber der Professor suchte ihn, rief ihn auf, und da ging sein Ehrgeiz eben mit ihm durch.

Das Seminar fand montags statt. Wenn sie es so hielt, wie an den beiden ersten Malen, mußte wieder am Mittwoch ein Brief von ihr eintreffen. Thomas war sehr nervös, zumal Christiane, die sonst immer schon um acht Uhr die Wohnung verließ, an diesem Vormittag erst sehr spät ins Geschäft ging. Sie schaffte es tatsächlich, noch da zu sein, als die Post kam, und obwohl er auf den Briefträger gelauert hatte, kam sie ihm beim Gang zum Briefkasten zuvor. Kein violetter Brief! Thomas atmete auf und war zugleich enttäuscht. Sein Rückzug hatte offenbar gewirkt.

Sie hatte die Fruchtlosigkeit ihrer Angelversuche eingesehen. Am Donnerstag kam auch keiner und auch am Freitag nicht. Aber am Samstag schimmerte Violett im Sichtfenster. Der Dritte!

Freitag, 5. Juni

Thomas, Du Feigling!
Du hast nichts an die Tafel geschrieben. Du hast Dich versteckt, Du braver, gutpräparierter Student! Daran sehe ich, daß Du Angst vor mir hast, und das freut mich. Ich bin Dir nicht gleichgültig, auch wenn Du immer noch nicht weißt, wer ich bin. Sei ehrlich! Du warst richtig enttäuscht, als am Mittwoch kein Brief kam und auch am Donnerstag und Freitag nicht. – Nein, nein! Ich lasse Dich nicht los! – Ob es Dich wohl geil macht, wenn ich Dir sage, daß ich sehr erregbare Brustwarzen habe, die sich beim leisesten Streicheln zu festen, hohen Türmchen erheben und sich noch eine Stunde später unter jedem Kleid verraten? Faß sie an. Thomas! Sei endlich einmal mutig!

Und wenn Du schon nicht an die Tafel schreiben magst, was ich anhatte, so schreib nächstens wenigstens ein großes »A« hin. Das genügt erst einmal
Deiner bös gequälten Geliebten, Deiner

A.

Thomas versteckte auch diesen Brief in der Literaturgeschichte. Er schob ihn zwischen *Schäferdichtung und Lehrgedicht.* Es war Thomas lieb, daß in der nächsten Woche wegen der Pfingsttage keine Seminarsitzung stattfand. So hatte er Zeit, sich zu überlegen, ob er ihr ein Zeichen geben sollte oder nicht. Während der ganzen Ferienwoche schwankte er zwischen Abenteuerbereitschaft und Verweigerung, und als der Montag herangekommen war, entschloß er sich mit einem wilden Ruck, den ersten Schritt zu tun. Das bedeutete ja schließlich noch gar nichts. Er wollte sie nur aus ihrem Versteck locken, endlich wissen, wer zum Teufel sie denn nun wirklich war.

Er ging eine volle Stunde früher zum Hörsaal. Der Raum war leer, die Tafel bedeckt mit linguistischen Fachbegriffen. Er nahm ein Stück Kreide und wollte in die rechte untere Ecke, wo noch ein Plätzchen frei war, ein *A* schreiben. Da hörte er ein Geräusch an der hinteren Hörsaaltür. Blitzschnell stellte er sich so vor die Tafel, daß es aussah, als lese er, was dort geschrieben stand. Er hörte Schritte. Er drehte sich mit gespielter Lässigkeit um. – Sie! – Nackte braune Arme sah er, einen Ausschnitt und üppig-verwirrenden Modehalsschmuck. Er drehte sich mit wahnsinnigem Herzklopfen wieder zur Tafel, öffnete seine Aktentasche und zog ein Heft heraus. Er hörte, wie sie sich irgendwo im Raum zu schaffen machte, und tat so, als schreibe er sich die Begriffe ab. Sie sagte nichts, legte geräuschvoll ein Buch auf eine Tischplatte und ging wieder zur Tür. Schnappen des Schlosses, sie war fort.

Thomas drehte sich um. Vor dem Platz, wo sie zu sitzen pflegte, lag ein Buch. Er ging hin, nahm es in die Hand, öffnete es. Schillers Dramen. *Anke Obsieger* stand in weicher, runder, geläufiger Schrift auf der Titelseite. – Anke– *A* –sie war es also. Konnte es da wirklich noch irgendeinen Zweifel geben? Eine Hitzewelle stürzte aus seinem Kopf in den ganzen Körper. Ein rasch wirkendes, betäubendes und zugleich aufpeitschendes Gift floß ihm durch die Adern. Ohne noch lange nachzudenken, wischte er ein Stück der Tafel frei und schrieb mit der Kreide, die er während der ganzen Zeit in der Hand versteckt gehalten hatte, darauf:

A! – Ich habe Dich entdeckt. Nun zeig Dich auch! – T.

Er belegte einen Platz, von dem aus er sie gut beobachten konnte, und verbrachte die Zeit bis zum Beginn der Sitzung mit einem hektisch-nervösen, kurzatmigen Spaziergang durch den Botanischen Garten, der sich im Süden an das Universitätsgelände anschloß. War jetzt die Falle zugeschnappt? Hatte er sich jetzt in ihre Gewalt gegeben? Was würde geschehen, wenn sie ihn nach dem Seminar ansprach, einlud, im Auto mitnehmen wollte, in ein Café, zu sich nach Hause? War er verrückt geworden? Er wollte doch kein Abenteuer. Nur wissen, wer sie war. Und jetzt wußte er es. War es nötig, noch weiter zu gehen, so zu tun, als wolle er sie haben? Er wollte sie doch überhaupt nicht haben! Was hatte er da nur gemacht! Zurück in den Hörsaal! Alles wieder auswischen! Aber da saßen jetzt natürlich etliche. Da konnte er nicht reinkommen, etwas an der Tafel auswischen, etwas, das alle schon gelesen und sich darüber gewundert hatten, und wieder rausrennen. Gar nicht hingehen! Die Sitzung schwänzen! Das ganze Seminar überhaupt nicht mehr besuchen! Das wäre zweifellos das vernünftigste gewesen, aber er wußte, daß er das nicht machen würde. Er konnte es gar nicht mehr. Er würde sich zeit seines Lebens nach diesem Körper sehnen, der sich ihm angeboten und den er verschmäht hatte. Und warum verschmäht und für wen? Für Christiane? – Doch nicht für Christiane! Er konnte sich dieses Opfers vor ihr ja nicht einmal rühmen. Sie würde ja sofort Verdacht haben, ihm unterstellen, daß er doch was mit Anke gehabt habe und das jetzt vertuschen wollen. – Mit Anke! – Anke hieß sie. – Anke. Gar kein häßlicher Name. – Anke. – Anke! –

Sie kam wie immer etwas später. Seine beiden Sätze standen noch immer an der Tafel. Es war nicht festzustellen, ob sie sie zur Kenntnis nahm. Doch, doch, ganz sicher. Die Tafel hing in ihrer Blickrichtung, hinter Meyer-Sauteur, auf den sie schaute. Heute hatte sie wieder was aus Leder an, ein sandfarbenes, geschmeidig-weiches Velourskleid, folkloristisch, mit Blüten-Lochmuster in den Trägern, einem weiten Ausschnitt, einer raffiniert-schlichten Verschnürung zwischen den Brüsten, die sich unter dem feinen Leder deutlich abzeichneten. Um die Taille trug sie einen Ledergürtel mit Schmuck-Applikationen aus Glassteinen und Goldmetallelementen, um den Hals eine Kette aus übereinander fallenden Münzen und Halbmonden aus Gold- und Silbermetall. Sie sagte während der ganzen Stunde nichts, meldete sich nie. Er kannte ihre Stimme überhaupt noch nicht.

Thomas sah sie unverwandt an. Er achtete nicht auf das, was Meyer-Sauteur über *Kabale und Liebe* sagte. Wie im Traum hörte er das Wort *Briefintrige* und noch einmal *Briefintrige.* Als sie zufällig einmal in seine Richtung sah, versuchte er ein Zwinkern, aber es kam kein Zeichen zurück. Auch diesmal ging sie wieder einige

Minuten vor dem Ende der Sitzung. Als sich die Tür hinter ihr geschlossen hatte, stand Thomas auf, verließ den Hörsaal durch die zweite Tür am oberen Ende des Raumes und trat in den Flur. Er sah noch, wie sie sich entfernte, die erste Glastür öffnete, die zweite, ihren Weg in Richtung auf die Lifts fortsetzte, ohne sich umzuschauen. Er lief hinterher, holte sie bei den Fahrstuhltüren ein. Sie wartete dort. Er blieb stehen, sah zu ihr hin. Sie mußte ihn bemerkt haben, aber sie blieb vollkommen gleichgültig. Einen Augenblick dachte er daran, sie anzusprechen, drehte dann aber doch ab und ging in den Hörsaal zurück, wo er seine Mappe liegengelassen hatte.

Der nächste Brief kam schon am Dienstag.

Montag, 15. Juni

Bravo, Thomas!

Du bist über Deinen Schatten gesprungen. Du hast Dich doch noch getraut. Und nun glaubst Du, Du hast mich entdeckt. Ja, vielleicht hast Du das, aber nun denk bloß nicht, daß ich Dir um den Hals falle. Wenn ich nur einfach mit Dir anbandeln wollte, wie man das so tut, dann hätte ich das ohne diesen Mordsaufwand tun können. Ich habe es nicht getan, weil ich von Dir etwas ganz anderes erwarte, etwas Ungewöhnliches, Tolles, Atemberaubendes. Du mußt mich – jetzt will ich Dir sagen, was ich von Anfang an vorhatte – Du mußt mich vergewaltigen, vergewaltigen wie eine Fremde, Du mußt mir das Kleid aufreißen, meinen BH zerfetzen, mit Deinen Händen in meinen Slip eindringen. Und Deinen Schwanz wirst Du mir zwischen die Lippen schieben. Keine Angst, ich werde ihn Dir nicht abbeißen, sondern mit meiner Zunge liebkosen. Ich bin verrückt, ich weiß es. Aber tu es, Thomas, tu es bald!!! – Ich halte es nicht mehr aus,

Ohhhh!!!

Deine rasende

A.

Die ist völlig übergeschnappt, dachte Thomas. Wie soll ich sie denn vergewaltigen, am hellichten Nachmittag in einem belebten Universitätsgebäude? Soll ich ihr nachfahren, ausspionieren, wo sie wohnt, ihre Lebensgewohnheiten auskundschaften? Vielleicht macht sie ja irgendwann immer einsame Waldspaziergänge. Das ist doch alles Unsinn! Halt ihr beim nächsten Mal die Briefe unter die Nase, frag sie, ob sie das geschrieben hat und wie sie sich das nun weiter denkt! – Dann läuft doch gar nichts mehr! Dann streitet sie doch alles ab. Dann bist du der Mann mit einer perversen Masche, der sich so an Mädchen heranmacht. Läßt sie schmutzige Sachen lesen und geilt sich daran auf!

Alles einmal mit Chritstiane zu besprechen, erwog er zwar mehrmals, ließ es dann aber doch sein. Sie nur nicht da hineinziehen! Die war imstande und kam mit ins Seminar. Zeig mir mal das Mädchen! Und dann lauerte sie ihr auf und stellte sie zur Rede. Mein Gott, das war ja noch peinlicher. Und erst recht, wenn sie es gar nicht war, wenn sie die Briefe überhaupt nicht geschrieben hatte. Hatte sie aber! Hatte sie ganz bestimmt. Aber man müßte eben doch noch die letzte Sicherheit haben.

Die kriegte er bald. Am Freitag kam ein weiterer Brief.

Donnerstag, 18. Juni

Thomas, Süßer!
Ich war so aufgeregt, als ich Dir den letzten Brief schrieb. Ich hab mir einen mächtigen Ruck geben müssen, um Dir meine intimsten Wünsche zu nennen. Seit meiner Backfischzeit träume ich davon, einmal richtig toll vergewaltigt zu werden. Natürlich nicht von irgendeinem Kerl, sondern von einem, in den ich wahnsinnig verknallt bin. Aber wenn wir uns erst kennen, dann ist es ja keine Vergewaltigung mehr, dann ist es nur noch eine von diesen immergleichen, dösigen Bettgeschichten, von denen ich längst genug habe. Aber so, wie ich es mir jetzt ausgedacht habe, wird es gehen: Ich weiß nichts von Dir, Du bist ein aufregender Unbekannter für mich und ich die geheimnisvolle Unbekannte für Dich. Ich glaube, das wird toll! Wenn Du nur den Mut hast!

Weil ich beim letzten Brief so aufgeregt war vor lauter Sex in mir, habe ich Dir gar nicht mitgeteilt, wann eine Gelegenheit wäre, mich vor Deine Flinte zu kriegen. Also: freitags besuche ich immer von 20 bis 22 Uhr das Descartes-Colloquium von Baumberger. Der tagt immer nur so spät. Naja, und danach ... Du wirst Dir schon was einfallen lassen.

Sei mir bitte nicht bös, weil ich Dir niemals zulächle. Aber dann wären wir ja Bekannte, und das Pulver würde naß. Wenn Du es doch schon heute machen könntest!
In herzklopfender Begierde *Deine A.*

Thomas war entschlossen, die Sache zu überprüfen. Er sah zunächst im Vorlesungsverzeichnis nach. Jawohl, das Descartes-Colloquium gab es wirklich. Er war ganz sicher nicht in der Stimmung, heute noch eine Frau zu vergewaltigen, nachdem er gestern erst alles, was sich aufgestaut hatte, in Christiane abgelassen hatte! Es war ihm sehr wohl dabei gewesen, und er hatte sich gefragt, welche qualitative oder quantitative Steigerung ein Orgasmus in Anke bedeuten könnte. Er war zu keinem Ergebnis gekommen. Dieser kurze, aufbrausend schöne Moment vor dem Umkippen der Steigerung ins befreiende Spritzen, war er noch mächtiger, beglückender bei einer hinreißend schönen Frau, oder bestand da nicht die Gefahr, daß man gar nicht hoch genug raufkam und vor lauter Reizung den Saft nicht lange genug halten konnte? Er war sich ganz und gar nicht sicher, besonders, da es sich bei Anke um eine Vergewaltigung handeln sollte, um eine geplante zwar, aber in ihrem Verlauf nicht vorhersehbare. Würde sie denn, wenn er sie ansprang, sich ihm alsbald ergeben oder Widerstand leisten, weil das ihre Lust erhöhte? Würde er ihr wirklich, wie sie es gefordert hatte, den Schwanz in den Mund stecken können, ohne riskieren zu müssen, daß er für immer ruiniert würde?

Er war aber entschlossen, heute zu sehen, ob es wirklich dieselbe Frau war, die auch ins Descartes-Colloquium ging. Er fand Christiane gegenüber einen Vorwand, warum er am Abend noch einmal, was sonst nie vorkam, in die Uni mußte. Seminararbeit, ein wichtiges Buch, das tagsüber in der Bibliothek ewig blockiert war. Dem kleinen Seminarraum gegenüber, wo das Colloquium stattfinden sollte, mündete ein anderer Flur, an dessen Ecke man sich verstecken konnte. Es kamen etwa fünfzehn Leute, aber Anke war nicht dabei. Er wartete noch zehn Minuten, da er ihre Neigung kannte, stets später zu erscheinen. Dann ging er. Falls eins der Mädchen, die hineingegangen waren, auch im Schiller-Seminar saß und die echte *A* war, konnte er die Sache sowieso ein für allemal vergessen. Als er die Tür zu den Fahrstühlen öffnete, stand sie plötzlich vor ihm, hatte einen ganz kurzen, schwarzen Lederrock an, eine weitgeschnittene, karierte Bluse und hochhackige Schuhe. Sie verzog keine Miene und ging an ihm vorbei. Er sah ihr nach, wie sie mit ihren schlanken, langen Beinen den Flur hinunter zum Seminarraum ging. Sie drehte sich kein einziges Mal nach ihm um.

Am nächsten Montag ging er nicht zu Meyer-Sauteur. Es war ihm unmöglich, sie wiederzusehen. Er würde die ganze Stunde doch nur an den nächsten Freitag denken und sich vorstellen müssen, wie er Anke packen würde. Von hinten, ja wahrscheinlich von hinten. Es war auch gut, wenn sie ihn heute nicht sah. Sie würde vielleicht beunruhigt sein, sich fragen, ob er das Handtuch geworfen habe. Jedenfalls sollte sie in seinem Mienenspiel weder Zustimmung zu ihrem Plan noch Ablehnung lesen können.

Er hatte erwartet, daß sie ihm wegen seines Fehlens noch einen Brief schreiben würde. Aber es kam keiner. Das konnte man nun deuten wie man wollte. Er war noch keineswegs entschlossen, am Freitag wirklich zuzuschlagen. Immer wieder kamen ihm die heftigsten Bedenken. Er war ja verrückt! Noch nie hatte er Christiane betrogen, und jetzt ließ er sich auf ein so windiges Abenteuer ein, für das er doch überhaupt nicht der Typ war. Was sollte denn werden, wenn diese Vergewaltigung geglückt war? Dann würde es ja wahrscheinlich erst richtig losgehen. Sie würde ihn nicht mehr aus ihren Fängen lassen, ihn mitnehmen in ihr Liebesnest, das sicher weich und schwellend gepolstert war. Wer war sie überhaupt, wo und wie lebte sie? Alles offene Fragen! Eine Tochter aus wohlhabendem Hause, die abartigen Gelüsten nachging? Je ungewisser das nun alles war, um so verlockender war es zugleich auch wieder. Daß Thomas hier auf einen Abweg geriet, war nur allzu verständlich, ja eigentlich entschuldbar. Es gab ein Maß an Verlockung, dem ein normaler Mann einfach nicht standhalten konnte. Das würde, wenn es vorbei war – und es mußte nach kurzer Zeit vorbei sein, da war Thomas sicher –, auch Christiane verstehen, verzeihen. Er würde, um eine Erfahrung reicher, zu ihr zurückkehren, Examen machen, Buchhändler werden, heiraten, mit Christiane Kinder haben und so weiter. Dies war eben einfach nur noch ein Kapitel seiner Lehrjahre. Ohne eine solche Erfahrung war man ja doch noch nicht reif für die Ehe. Belebend würde sich dieser Seitensprung auf ihrer beider Geschlechtsleben auswirken. Wenn er an den letzten, fabelhaften Orgasmus dachte ... hatte der nicht auch schon seinen Pfeffer gekriegt von den verschwiegenen, versteckten violetten Briefen? Gut möglich.

Am Donnerstag war er endgültig zum Wagnis entschlossen. Er legte sich stundenlang aufs Bett und stellte sich Anke vor, wie sie über einen langen Flur ging und er ihr folgte. Er trug keine Unterhose. Die würde im Ernstfall nur Komplikationen bringen. Den Reißverschluß der Jeans hatte er geöffnet. Nach einigen Anläufen brachte er es fertig, daß sich sein Schwanz ohne reibende Nachhilfe, nur allein bei der Imagination der hochhackigen Anke im kurzen Lederrock (hoffentlich hatte sie den auch am Freitag an!) erhärtend aus dem Schlitz ins Freie schob. Diese Übung beherrschte er am Morgen des Freitags bereits so gut, daß ihm die Schwanzspannung auch dann gelang, wenn er nicht ruhig ausgestreckt auf dem Rücken lag, sondern im Zimmer stand oder durch die Wohnung ging. Die reale Anwesenheit des weiblichen Körpers von Anke würde noch viel stimulierender wirken. – Oder ganz im Gegenteil? – Nicht dran denken! Keine Reflexionen! Sich ganz tierisch und rücksichtslos dem Trieb überlassen!

Es kam begünstigend hinzu, daß Christiane an diesem Abend nicht zu Hause war. Sie hatte eine Geschäftsreise unternehmen müssen und würde erst am nächsten Mittag zurück sein. Das Colloquium hatte schon begonnen, als Thomas sich auf seinen Lauerposten begab. Wahrscheinlich war auch Anke schon drin.

Sie kam jedenfalls nicht während der fünfviertel Stunden, die Thomas wartete. Um viertel vor Zehn, pünktlich, war die Veranstaltung zu Ende. Die Tür öffnete sich, man strömte heraus, dreizehn, vierzehn Leutchen. War Anke da? War sie nicht da? Sie kam nicht – kam nicht – noch immer nicht – und dann als letzte. Die anderen hatten alle den Weg zu den Fahrstühlen im Südteil des Gebäudes angetreten, Anke strebte nach Norden. Wahrscheinlich hatte sie ihr Auto im Parkhaus. Langsam folgte Thomas ihr. Die Universität war schon um acht Uhr fast menschenleer gewesen, jetzt wirkte sie vollkommen ausgestorben. Gute Auspizien für die Vergewaltigung. Da konnte sich nicht so leicht irgendein Dummkopf vermeintlich rettend dazwischenwerfen.

Sie fuhr nicht mit dem Lift. Sie ging die Treppen hinunter. Wahrscheinlich wollte sie noch nicht im Fahrstuhl mit ihm zusammentreffen. Vielleicht mied sie den Aufzug aber auch, weil man damit steckenbleiben und zu so später Stunde nicht so rasch befreit werden konnte. Thomas ging hinter ihr die Treppen hinunter. Sie trug – das war nun doch wohl kein Zufall – wieder den kurzen schwarzen Nappaleder-Rock, mit dem er seine fiktiven Übungen angestellt hatte. Befriedigt spürte Thomas Bewegung in der Hose. Als sie über die Brücke zum Parkhaus ging, schaute sie sich einmal kurz um, stellte fest, wer ihr folgte, und setzte ihren Weg fort. Kaum noch Autos auf den Parkebenen. Weithin hörte man das Klappern ihrer hohen Hacken. Thomas ging in Turnschuhen. Sie steuerte auf einen weißen Renault-Alpine zu, klimperte mit den Schlüsseln und öffnete die Fahrertür. Thomas war zehn Schritte von ihr entfernt. Mit wenigen Sprüngen und in der Abendluft wippendem Schwanz war er hinter ihr, faßte ihr mit beiden Händen an die Brüste, zog sie an sich. Entsetzt schrie sie auf, daß es im ganzen Parkhaus widergellte, drehte sich um und fuhr ihm an die Kehle, würgte ihn, während sie weitere Schreie ausstieß. Das Würgen ging ja noch an. Das war wohl die lusterhöhende Gegenwehr, aber das Schreien sollte sie lassen! Das konnte jemanden anlocken. Er ließ die Brüste los und faßte ihr zwischen die Schenkel, spürte ihren Slip, die Schamhaare. Da lockerte sich der Zugriff ihrer Finger an seiner Kehle. »Anke!« – stöhnte er. Ihre Hände glitten rasch an ihm hinunter. Mit der linken faßte sie seinen Schwanz, drückte ihn von sich weg, mit der rechten aber packte sie die Eier und preßte sie mit einem Ruck zusammen. Ein wahnsinniger Schmerz durchfuhr ihn. Er taumelte zurück, fiel auf den Boden, krümmte sich. Und schon war sie im Wagen, hatte die Tür zugeschlagen und von innen verriegelt. Sie ließ den Motor an, startete und schleuderte mit quietschenden Reifen aus der Parketage.

Es dauerte lange, bis Thomas schwankend wieder auf die Beine kam. Tapernd ging er zum Ausgang des Parkhauses. Blieb immer wieder stehen und krümmte sich. Es ist aus, dachte er. Erkannt, ich bin erkannt. Anzeige. Verhaftung. Prozeß. Christiane, mein Gott! Alles vorbei! Sie war es nicht, oder sie hat mich ... Er konnte nichts mehr denken. Alles kreiste in ihm. Er wußte nur, daß er Schluß machen mußte, sofort Schluß machen. Nicht erst jemandem in die Hände fallen. Er kam zu den Aufzugtüren, drückte auf den Schalter, lehnte sich gegen die Wand. Ein Aufzug kam, und er stieg ein. Er fuhr zum obersten Stockwerk hinauf. Die Glastür, welche zur umlaufenden Balustrade führte, war verschlossen. Er nahm einen Stuhl, der dort herumstand, und schlug damit eine Scheibe ein. Er zwängte sich hinaus. Er wunderte sich noch, daß er keinen Augenblick zögerte, während er sich auf die Brüstung schwang. Als er sich vom achten Stockwerk in die Tiefe stürzte, fühlte er wenige Augenblicke lang ein euphorisches Glück.

Die Aufklärung des Falles bereitete den Behörden erhebliche Schwierigkeiten. Man identifizierte den Toten anhand seines Studentenausweises, verständigte Christiane, die völlig verzweifelt war und keine Erklärung wußte für den überraschenden Selbstmord. Kein Zerwürfnis, keine Examensangst, keine finanziellen Schwierigkeiten. Am nächsten Tag ging die Anzeige von Anke Obsieger wegen der Vergewaltigung ein. Daß der Tote mit dem Täter identisch war, ließ sich rasch feststellen. Christiane erinnerte sich, daß Thomas einen violetten Brief von einer Seminarteilnehmerin bekommen habe, nur mit dem Buchstaben *A* unterschrieben, die wohl verliebt gewesen sei in ihn. Von weiteren Briefen wisse sie nichts. *A* – Anke. Nein, diese Anke habe keinen Brief geschrieben, benutze kein violettes Papier, sei in keinen

Studenten aus dem Seminar von Meyer-Sauteur verliebt gewesen. Von Thomas' Absicht, sie zu überfallen, habe sie nicht die leiseste Ahnung gehabt. Sie habe nie ein Wort mit ihm gesprochen und ihn für einen absolut harmlosen Kerl gehalten. Die Zeitungen schrieben über den seltsamen Fall, spekulierten sich dies und das zusammen und verwiesen darauf, daß die Selbstmordrate unter Studenten an dieser Universität schon immer ungewöhnlich hoch gewesen seien. Vereinsamung, Kontaktschwierigkeiten. Nun sei einer durchgedreht, was irgendwie kein Wunder sei. Es müsse dringend etwas dagegen unternommen werden. Aber was, das sagten sie auch nicht.

Zweifellos, so sagte ich mir, ist eine Geschichte, die hier abbricht und alles offen läßt, für jeden Leser unbefriedigend. Ich hatte deshalb, schon als ich mit dem Schreiben begann, den Augenblick vorausgesehen und eingeplant, an dem ich selber mit meiner Person würde hervortreten müssen, um aus meiner Perspektive das Erzählte, ich sage besser: das Berichtete zu ergänzen und zum Abschluß zu bringen.

Ich selber komme, wenn auch unter verändertem Namen, in der Geschichte vor. Meine Rolle ist die des Germanisten, Professor Meyer-Sauteur, der das Seminar abhielt, von dem die unglaublichen Dinge ihren Ausgang nahmen, die Sie eben gelesen haben. Ich habe im übrigen die Namen aller beteiligten Personen geändert, und auch der Schauplatz, den man bei einiger Kenntnis erraten könnte, ist nicht die Universität, an der ich lehre, sondern eine, die mir nur aufgrund eines mehrtägigen Besuches bekannt ist. Ich will aber, bevor ich auf die rätselhafte Briefgeschichte zu sprechen komme, einiges über meine Person vorausschicken.

Ich bin zu der Zeit, in der ich dieses schreibe, fast fünfundfünfzig Jahre alt und seit gut zwanzig Jahren Professor für neuere deutsche Literatur an einer mittelgroßen Hochschule. Ich habe außer zahlreichen Aufsätzen ein Buch über die Gattung des Kriminalromans geschrieben, das häufiger zitiert wird, eine Untersuchung über den Stellenwert der Erotik in der deutschen Literatur im Vergleich zur französischen, englischen und italienischen und eine Studie über Gustav Meyrink. Seit einiger Zeit schon schreibe ich nichts mehr, weil ich zu der Erkenntnis gekommen bin, daß es, wenigstens für meine Person, sinnlos ist. Ich entfernte mich nur noch weiter von dem, was mir, je länger ich lebe, als meine eigentliche Aufgabe erscheint, vor der ich bislang immer geflüchtet bin. So komme ich seit Jahren zwar gewissenhaft meinen Lehrverpflichtungen nach, treibe insgeheim jedoch anderes.

Ich hatte als Kind, als Schüler noch und junger Student stets den Wunsch, Schriftsteller zu werden. Etwas anderes erwog ich überhaupt nicht. Als ich von der Schule abging, hatte ich eine Kiste voller Dramen geschrieben, war aber natürlich von keinem einzigen Theater bisher aufgeführt worden. Mit meinem letzten Stück, das ich kurz vor dem Abitur geschrieben hatte, einem Drama über die Vergeblichkeit von Revolutionen, versuchte ich, einen Durchbruch zu schaffen. Ich schickte es an verschiedene Theater, reiste zu Gesprächen mit Dramaturgen, brachte es aber nicht fertig, das Stück unterzubringen. Das einzige, was bei meinen Bemühungen heraussprang, war das Angebot einer Bühne, mich, zunächst für ein halbes Jahr, in der Dramaturgie zu beschäftigen, da man mich für talentiert hielt. Und hier machte ich den entscheidenden Fehler meines Lebens, der sich nicht wieder korrigieren ließ. Ich flüchtete mich vor der Unsicherheit auf die sichere Bahn eines Hochschulstudiums. Erst später ist mir klargeworden, daß ich mich durchgesetzt hätte, wenn ich nur den festen Willen dazu gehabt hätte. Es ist mir später ja auch gelungen, den Lehrerberuf, der mir unerträglich erschien, zu vermeiden, und an der Hochschule Fuß zu fassen, obwohl ich das Zeug zu einem echten Wissenschaftler nie besessen habe. Ich hätte konsequent bleiben und allen Verlockungen der Sicherheit widerstehen sollen. Stattdessen gab ich den Traum vom Schriftsteller auf, nahm die Rolle eines Wissenschaftlers an und redete mir ein, ich hätte Weg und Ziel gefunden.

Als mich auf die Dauer Forschungen und wissenschaftliche Publikationen nicht mehr befriedigten, als sie mir zunehmend fragwürdig, ja fast überflüssig erschienen, weil sie ja doch nur die inzestuöse Kommunikation zwischen verschworenen Fachleuten förderten und nach draußen hin nichts mehr bewirkten, begann ich, mich davon abzukehren. Ich schrieb wieder, was mir neben der Wissenschaft unmöglich gewesen war, weil analytische und produktive Haltung einander ausschließen. Ich schrieb kleine Erzählungen, die ich in verschiedenen literarischen Zeitschriften – unter Pseudonym – unterbrachte, und hatte so den geheimen Triumph, auch *Primärliteratur* zu schreiben. Aber es war doch nicht die Erfüllung des Jungendtraums. Zu belanglos erschien mir alles, was ich zustande brachte. Es waren Erzeugnisse einer sicheren Muße, brave Stückchen, die keinen wirklichen Einsatz gekostet hatten. Der war mit Gefahr verbunden, mit dem Risiko bedrohlichen Verlustes. Was sollte ich einsetzen? Meine Beamtenstelle etwa, meinen Pensionsanspruch? Ein solcher Schritt erschien mir dümmlich. Ich mußte etwas tun, was mich von möglichst allen Mitgliedern der literarischen Zunft effektvoll unterschied. Ich mußte darauf verzichten, meinen Produktionen den Anschein von gesellschaftlichem Nutzen zu geben, ich mußte offen eingestehen, was Autoren stets zu verheimlichen trachten, weil sie auf finanzielle Förderung durch die Gesellschaft angewiesen sind: die im tiefsten Grunde kriminelle Neigung all derer, die aus eigenem Antrieb Literatur verfassen. Früher hatte ich einmal daran gedacht, eine Studie zu schreiben über Dichtung und Kriminalität. Ich unterdrücke die Versuchung, das Thema hier weiter auszubreiten und erwähne nur, daß der allgemein für eminent tugendhaft erachtete Schiller in erster Linie ein Bewunderer außerordentlicher Kriminalität war. Man lese nur – ich kann doch nicht widerstehen – in der Vorrede zur ersten Auflage der *Räuber*: »Jedem, auch dem Lasterhaftesten ist gewissermaßen der Stempel des göttlichen Ebenbilds aufgedrückt, und vielleicht hat der große Bösewicht keinen so weiten Weg zum großen Rechtschaffenen als der kleine; denn die Moralität hält gleichen Gang mit den Kräften, und je weiter die Fähigkeit, desto weiter und ungeheurer ihre Verirrung, desto imputabler ihre Verfälschung.«

Es ist eine scheinheilige Tarnung, wenn Schiller behauptet, daß es den konsequenten Bösewicht nur einen einzigen Sieg über sich selbst koste, um das Schlechte ins Gute zu wenden. Gegen Spielregeln und Gesetze der Gesellschaft zu verstoßen, sich und seine Existenz damit aufs Spiel zu setzen, ist immer eine mächtige Triebfeder der Dichter gewesen. Wenn sie nachträglich dafür gerühmt worden sind, so nur, weil sich die Sitten geändert hatten und das Anstößige normal wirkte oder weil man sie einfach falsch interpretierte. Doch genug davon, auch wenn es der Ausführung bedürfte. Ich will von mir reden.

Ich hatte in jenem Semester, von dem die Rede ist, eine ausgesprochen hübsche und attraktive Studentin in meinem Seminar. Sie saß immer am selben Platz in der ersten Reihe und fiel auf durch ihr konsequentes Zu-spät-Kommen und die Variationen ihrer Garderobe. Sie beteiligte sich zwar an keiner Diskussion, wirkte aber immer interessiert und aufmerksam. Ich hätte sie gern einmal nach der Sitzung angeredet, wäre gern mit ihr ins Gespräch gekommen, hätte sie zu einer Tasse Kaffee eingeladen. Vielleicht wäre sie letzten Endes nicht ganz unzugänglich gewesen. Aber es kam nicht dazu, weil sie immer schon ging, bevor ich geendet hatte. Ich kannte ihren Namen, ich wußte ihre Anschrift. Aber was hatte ich davon? – Sollte ich ihr etwa einen Brief schreiben? Was sollte darin stehen? Daß ich mich für sie interessierte, sie gern näher kennenlernen wollte? Ach nein. – Ich erwog allen Ernstes, ihr anonyme Briefe eines Studenten zukommen zu lassen, der sie beobachtete, beschrieb, anhimmelte, sich aber nicht zu erkennen geben wollte. Dann fand ich das aber auch nicht verlockend. Es konnte sehr gut sein, daß sie diese Briefe als lästig empfand und womöglich das Seminar überhaupt nicht mehr besuchte. Und dann fiel mir dieser Thomas Sell auf, und wenig später hatte ich meinen Plan.

Ich kaufte mir violettes Briefpapier, beschaffte mir für meine IBM-Schreibmaschine einen speziellen Kugelkopf und verfaßte nacheinander die fünf Briefe, die der Leser schon kennt. Von Thomas wußte ich nicht mehr als seinen Namen und seine Adresse. Alles andere mußte ich mir hinzuerfinden. Ich weiß nicht, ob es es eine Christiane gegeben hat. Es war mir auch einerlei, denn offensichtlich tat meine Literatur ihre Wirkung. Die Platzwechsel von Thomas hatten ganz entschieden etwas mit der Person der hübschen Anke zu tun. Und als ich an der Tafel las : »A! – Ich habe Dich entdeckt. Nun zeig Dich auch! – T.«, da wußte ich es definitiv: Thomas hielt Anke für die Schreiberin der Briefe und war an ihr interessiert. So bearbeitete ich den Rohstoff für meine Geschichte unmittelbar in der Realität. Ich ließ eine Fiktion lebendige Wirklichkeit erzeugen.

Ankes Wunsch nach Vergewaltigung war ein Einfall, der mir erst kam, als die Sache schon lief. Eines Abends hatte ich sie gegen zehn Uhr auf einem der leeren Gänge unseres Gebäudes getroffen. Sie war ganz allein, und ich sprach sie an. Sie war aber nun schon so sehr Figur in meiner Erzählung, die sich in Umrissen zu formen begann, daß ich selber kein Interesse mehr an ihr hatte, die Gelegenheit also verstreichen ließ. Ich fragte sie nur, was sie hier denn so spät noch mache, und sie antwortete mir, daß sie das Descartes-Colloquium von Baumberger besuche. Das finde halt so spät statt. Ich habe angestrengt darüber nachgedacht, wie ich es anstellen sollte, Zeuge der Dinge zu werden, die nach dem fünften Brief eventuell passieren würden, aber ich fand keine Möglichkeit, dabei sein zu können, ohne die Gefahr, entdeckt zu werden. So mußte ich darauf vertrauen, aus Anzeichen später auf das Vorgefallene schließen zu können. Die Ernte war reicher, als ich erwartet hatte. Die Berichte in den Zeitungen über Vergewaltigung und Selbstmord waren eindeutig. Die Geschichte hatte ihre schlimmstmögliche Wendung genommen und damit ihr literarisch bestes Ende gefunden.

Ich machte mich recht bald daran, die noch frische Leiche auf dem Papier zu präparieren. Ich kam mir dabei – ein Fluch meines Berufes sind diese dauernden literarischen Assoziationen – wie der mordende Nobelpreisträger Korbes in Dürrenmatts *Abendstunde im Spätherbst* vor. Der Unterschied war nur, daß Dürrenmatt keinen umgebracht hatte, ich aber, wenn auch indirekt, sehr wohl. Wie mir dabei zumute war? Zwiespältig, das muß ich zugeben. Ich bedauerte den armen Thomas wirklich, und es tat mir leid, daß ich ihm dies angetan hatte. Andererseits aber berauschte mich mein aufgegangener Plan. Das Glück einer gelungenen Story war weitaus mächtiger als die Betroffenheit über ein angerichtetes Unglück. Dichter sind die geborenen Verbrecher. Ihre Neigung zu Schandtaten ist kaum zu überbieten. Das Extrem des höchsten Bösen deutet auf Größe, Kraft,

Bereitschaft zu Gefahren hin, darin liegt sein aristokratischer Rang, und es bedarf nur eines einzigen Schrittes, um ein solches Extrem in das entgegengesetzte, nämlich in das des höchsten Gutes zu verwandeln. Ich bin schon wieder bei Schiller. Das Gute aber ist nicht irgendeine bürgerliche Tugend, sondern die Verwandlung des Kriminellen in Literatur. Daß diese Verwandlung bei den Dichtern in den meisten Fällen vor der Tat stattfindet und dann an ihre Stelle tritt, ist ein Segen für die Opfer. Zum Dichter kann nur werden, wer die Neigung zum Verbrechen in sich verspürt hat, aber natürlich genügt es nicht, wenn man nichts weiter ist als nur ein Verbrecher.

Ich werde diese Geschichte veröffentlichen und dann in aller Ruhe abwarten, was geschieht. Vielleicht liest Anke – wo mag sie inzwischen sein? – die Erzählung auch und hat dann eine Erklärung für das rätselhafte Verhalten von Thomas. Vielleicht erkennt sie ihren seinerzeitigen Professor hinter seiner Maske. Vielleicht schreibt sie ihm sogar? Es macht mir nichts aus, entdeckt zu werden. Als Hochschullehrer wäre ich wahrscheinlich nach solcher Enthüllung untragbar. Das kümmert mich wenig. Das war eben der Preis, den ich zu zahlen hatte, um meiner Sicherheit zu entkommen und Literatur als Wagnis zu betreiben.

Ein Brief an den Verlag

Sehr geehrte Damen und Herren,

ich habe die bei Ihnen erschienene Erzählung *Die violetten Briefe* mit Vergnügen gelesen und mich darin wiedererkannt. Ich bin jener »Thomas«, den sich der Verfasser zurechterfunden hat. Nein, eine Christiane habe ich nie gekannt, aber die violetten Briefe habe ich erhalten. Ich habe auch vermutet, daß sie von jener Dame, die in der Geschichte Anke heißt, geschrieben worden seien. Ich habe allerdings nie etwas an die Tafel gekritzelt, habe auch nicht vor dem Descartes-Colloquium gelauert, und erst recht habe ich das Mädchen nicht zu vergewaltigen versucht. Demzufolge hatte ich auch keinen Grund, Selbstmord zu begehen. Allerdings verdanke ich den Briefen die Bekanntschaft eines ganz anderen Mädchens. Sie saß in dem Seminar gelegentlich neben mir, und wir kamen eines Tages in der Cafeteria miteinander ins Gespräch. Ich erzählte ihr davon, daß mich jemand in dem Seminar ziemlich mysteriös anschwärme und zeigte ihr die ersten beiden Briefe. Sie fand das sehr spannend und wollte unbedingt erfahren, wie es weiterging. So habe ich ihr dann auch den dritten, vierten und fünften Brief gezeigt, immer nachdem einer angekommen war. Ob ich denn überhaupt eine Frau vergewaltigen könne, hat sie nach dem fünften gefragt und mich zu einer Flasche portugiesischen Rotwein in ihr Zimmer im Studentenheim eingeladen. Dort fand dann, nachdem wir auch noch eine Flasche spanischen Rotwein, die ich mitgebracht hatte, ausgetrunken hatten, die»Vergewaltigung« statt, die unsere Ehe begründete. Wir haben zwei Kinder und sind sehr glücklich. Teilen Sie dies doch bitte dem Verfasser mit. Wir waren der Briefschreiberin immer sehr dankbar dafür, daß sie uns zusammengeführt hat. Nun, da es sich zeigt, daß es ein Professor war, bin ich zwar ein ganz klein bißchen enttäuscht, aber mein Selbstwertgefühl ist inzwischen stark genug, zu verwinden, daß ich nicht von *Anke* angeschwärmt worden bin.

Mit den besten Grüßen »Thomas«

WALTER E. RICHARTZ
Vom Äußersten

SAKI
Der Almanach
Reginald und Die Blutfehde von Toad-Water
Das Friedensspielzeug und Das eckige Ei

HERMANN HARRY SCHMITZ
Die Bluse und andere Grotesken
Die Reise und andere Katastrophen
Der Ästhet und andere Tragikomödien

CHRISTOF STÄHLIN
Der Dandy und andere